Galsan
Tschinag

Auf der großen
blauen Straße

Zu diesem Buch

Als der Junge aus der mongolischen Steppensiedlung in Deutschland ankommt, gibt es viel zu staunen und zu lernen. Es treten in sein Leben: die verrückten Kommilitonen aus aller Herren Länder auf der Suche nach dem Absoluten. Verena und ihre Kunst, glücklich zu machen. Ein Schriftsteller und Pferdenarr mit Namen Strittmatter, dem der Jurtenjüngling zeigt, wie man ein Pferd mit dem Lasso fängt. Und eine neue Sprache mit wundersamen Wörtern: Topinambur!

Nach *Tau und Gras* setzt Galsan Tschinag die Kette seiner Lebensbilder fort: funkelnde Geschichten, in denen er die Zeit und ihren Geist einfängt und die Menschen auf seinem Weg unvergesslich werden lässt.

»Tschinag gewinnt dem Zusammenprall der Kulturen höchst komische Seiten ab.« *Judith Leister, NZZ*

»So geschickt, wie er die Szenerie wechselt, jongliert Tschinag auch mit Worten: kleine, rätselhafte Geschichten von seltener Anmut.« *Elke Serwe, Für Sie*

Der Autor

Galsan Tschinag, geboren 1943 in der Westmongolei, ist Stammesoberhaupt der turksprachigen Tuwa. Er studierte Germanistik in Leipzig, seither schreibt er viele seiner Werke auf Deutsch. Er lebt teils in der Landeshauptstadt Ulaanbaatar, teils in seiner Sippe im Altai. Galsan Tschinag erhielt u. a. 1992 den Adelbert-von-Chamisso-Preis und 2001 den Heimito-von-Doderer-Preis. 2002 wurde ihm das Bundesverdienstkreuz verliehen.

Im Unionsverlag sind außerdem lieferbar: *Dojnaa; Das Ende des Liedes; Die Karawane; Im Land der zornigen Winde; Tau und Gras; Der Wolf und die Hündin.*

Galsan
Tschinag

Auf der großen blauen Straße

Unionsverlag
Zürich

Diese Erzählungen und Erinnerungen
entstanden während der letzten zwanzig Jahre.
Sie wurden von Galsan Tschinag für diese
Ausgabe durchgesehen und erschienen 2007
erstmals im Unionsverlag, Zürich.

Im Internet
Aktuelle Informationen
Dokumente, Materialien
www.unionsverlag.com

Unionsverlag Taschenbuch 430

Rieterstrasse 18, CH-8027 Zürich
Telefon 0041-44-283 20 00, Fax 0041-44-283 20 01
mail@unionsverlag.ch

Umschlaggestaltung: Theres Rütschi, Zürich
Umschlagfoto: Amélie Schenk
Druck und Bindung: CPI – Clausen & Bosse, Leck
ISBN 978-3-293-20430-0

Die äußeren Zahlen geben die aktuelle Auflage
und deren Erscheinungsjahr an:
1 2 3 4 5 - 11 10 09 08

Inhalt

Unterwegs

Wieder einmal hab ich mich verfangen in dem end- und haltlosen Meer des Lebens. So wenig gleiche ich dem, der am Morgen jauchzend ins Wasser gesprungen und davongeschwommen ist, auf die traumblaue Ferne zu, dorthin, wo sich Wasser und Himmel mischen. Die Muskeln sind erschlafft, der Geist ist trübe – ich bin wohl schon im Versinken.

Da erreicht mich der Ruf, der mich schon so manches Mal zur Besinnung gebracht hat. Ich bin erschreckt wie erfreut: Ist dein Schlaf so seicht gewesen, mein Weiser, dass dich mein Untergang wiedererweckt hat? Oder hat deine Sohnliebe die schlafende Hülle verlassen und ist meiner gefahrvollen Reise gefolgt? Als Antwort kommt eine Welle, die mich der stickigen Tiefe entreißt und oben hält, bis die nächste kommt und mich wieder auffängt. Ich bekomme eine Gelegenheit, nach Luft zu schnappen und zur Besinnung zu kommen.

Es ist Mittag. Ich schwimme weiter. Nun bin ich nicht mehr der vom Morgen, aber ich bin mit ihm verwandt wie der Ast mit der Knospe. Vielleicht gebe ich eines Tages doch einen Baum ab, der seinen Knospen zu Ästen und seinen Ästen zu Bäumen verhilft?

Eine Namensgeschichte

Das Gefüge aus sechs Lauten, von Fremden für meinen Namen gehalten und von mir, dessen Träger, bislang recht gleichgültig behandelt, soll im Tibetischen *das gute Geschick* bedeuten. Das habe ich erst heute, nach nun genau drei vollen Jahrzehnten, erfahren. Der Offenbarer dieses Geheimnisses ist ein Mensch, dem der große Wunsch, die tibetische Stadt Lhasa anzupilgern, bereits erfüllt ist und dem jetzt nur noch der Hauptwunsch, das buddhistische Paradies, das Nirwana, zu erreichen, offen steht. Ich soll weiterhin bei dem Namen bleiben und ihn rein erhalten, dann würde das gute Geschick mir treu bleiben, meint der Mann, der solches, wie mir scheint, nicht ohne Grund sagt.

Da ich mich beschenkt fühle, greife ich zu einer Flasche und sage, um mein Unternehmen zu rechtfertigen: »Auf den guten alten, schließlich doch noch erkannten und angenommenen Namen!« Da in unserer Welt zur Sitte geworden ist, alles, was einem neu in den Besitz kommt – eine Wohnung, ein Auto, eine Frau oder selbst Peinlichkeiten wie eine endlich erheuchelte Stellung oder einen endgültig erlisteten Titel – zu *begießen,* das heißt, sich deswegen in Schulden zu stürzen und zu besaufen, kann mich davon selbst ein so ausgereifter, mit allen Fetten beschmierter Mensch nicht zurückhalten. Und dieser entpuppt sich bald als ein angenehmer Trinkgenosse. Denn er trinkt überlegt, schweigt, und, wie ich ihm ansehe, gehen dabei seine Gedanken weit weg. Auch ich gehe innerlich auf Wanderschaft, durchstöbere Zeiten und Personen, die in mir versunken sind.

Dshurukuwaa hieß und heiße ich immer noch in der Wetterecke, die ich mir Heimat nenne. So heiße ich auch woanders für alle, die mich von früher kennen. *Dshuruk* heißt Fell, *uwaa* Säugling. Also war meine erste Kleidung ein Fetzen weich gegerbtes Schaffell, und es blieb lange nicht bekannt, was aus dem Inhalt des Fellbündels eines Tages werden würde. Ich finde die Benennung in Ordnung, weil ehrlich, und überdies auf keinen Fall weniger wohlklingend als Julius, Alexander, Radna, Gantömör …

Außer diesem meinem Hauptnamen hatte ich eine Vielzahl von Nebennamen. Die Auswahl war kaum kleiner als die in einem durchschnittlichen deutsch-demokratischen Wurstgeschäft; jeder, der mich im Sinne hatte, durfte nicht nur nach dem ihm am meisten zusagenden, sondern auch für den Augenblick am passendsten erscheinenden der Namen zugreifen. So war ich, der ich bei den beiden älteren Geschwistern zu Hause Dshuruk hieß, für den Vater Galdarurug, aber dies nur, wenn er weder ärgerlich noch besonders fröhlich war. Ärgerte er sich, so wurde daraus Galdaruwaa. Und war er, wie an den meisten Tagen des Jahres und wie Mutter ihn neckend nannte, liebesströmend, so wurde daraus Galdardshiwe. Mutter gebrauchte zwei Namen: Dshuruk oder Waantschik, jeden aber mit vielerlei Endungen. Je nachdem, welcher Name mit welcher Endung daran war, wusste man, auf welcher Stufe und Unterstufe sie mit ihren Gefühlen gerade stand. Was wichtig war bei ihr, denn sie war in der Stimmung leicht schwankend, ganz im Gegenteil zu Vater, der von den vierundsiebzig Jahren, die ihm auf Erden beschieden waren, gewiss siebzig in bester Stimmung verbrachte.

Für Onkel Sa, Tante Pü und ihre vielen Kinder war ich Galdarool. Bei Tante Galyj hieß ich, solange sie in guter Stimmung war, Dshuruunaj, und wenn nicht, was ganz selten vorkam – oder genauer nur einmal, wie ich mich entsinnen kann, und zwar in dem Jahr und an dem Tag, an dem Vater, ihr ältester Bruder, ihr keine Dreifußfesseln für ihre einzige Stute, die allerletzte direkte Nachkomme von der großen dunkelbraunen Herde des Großvaters übrigens, geben wollte –, da nannte sie mich anders: Dshurr. Als sie dann aber die Fesseln doch noch bekam, nannte sie mich nicht nur wieder beim alten Namen, sie verriet mir auch, wie ihre Mutter, unsere Großmutter, geheißen hatte – eines jener Familiengeheimnisse. Zu den Fesseln aber sei dieses noch schnell zugefügt: Sie hatte innerhalb eines Jahres drei davon verloren, und Vater war der Meinung gewesen, sie sollte erfahren, dass Fesseln keine Sonnenkringel sind, wovon der Himmel voll hängt; dieser Meinung war auch sie, andersrum aber: Fesseln seien nichts weiter als vertrocknete Yakhautfetzen, die nicht mal Hunde fressen – und schließlich seien ja auch die den Altai füllenden Herden ihres Vaters weggekommen …

Onkel Stalin nannte mich Galdarbuwaa. »Her, Galdarbuwaa!«, rief er mich so manches Mal zu sich, und wenn ich vor ihm stillstand, sagte er: »Hier, Galdarbuwaa!« Dabei ließ er auf meine mit der Innenfläche nach oben fest aneinandergelegten Hände eine Schafniere oder eine halbierte Zunge oder sonst einen Happen Kindern zustehendes Fleisch fallen, und dann: »Geh, Galdarbuwaa!« Seine Stimme war hell donnernd, seine Augen blitzten, und dabei schien in seinem grauen Schnauzbart ein Lächeln verborgen, nur es kam dort nie heraus. Onkel Stalin schenkte keine Süßigkeiten, er verachtete sie wie den Tabak zum Rauchen – dass er schnupfte, wie jeder ehrwürdige ältere Tuwa-Mann, versteht sich; das Rauchen aber hasste er auf den Tod. Ganz im Gegensatz zu seinem Namensvetter – oder ich sage gerechtigkeitshalber: Namensvater –, der im Kaukasus und auch über seine Grenzen hinaus recht berühmt geworden sein soll. Unser Stalin galt im Volk auch geizig, aber er schenkte mir einmal einen Drei-Tugrik-Schein, und das war in jenem Sommer des Jahres 1960, da ein ausgewachsener Hammel für zwanzig Tugrik angeboten wurde. Erst suchte der Onkel lange in einer seiner beiden roten Holztruhen, dann holte er den Schein, der zwischen seinen gewaltigen Fingern leise knisterte, ja, fast tönte, heraus und streckte ihn mir einhändig, aber nicht gelassen, sondern sehr gewichtig hin. Ich eilte ihm entgegen, hielt beide Hände aneinander und streckte sie aus, empfangsbereit, und wartete, bis die Gabe darauffiel.

Vier Jahre später brachte ich aus Deutschland eine Sonnenbrille für Onkel Stalin mit. Diese hatte, wie mir Herr Kleinhempel, der Optiker am Rossplatz zu Leipzig, versicherte, wertvolle Gläser. Seltsamerweise schien das der von mir Beschenkte sogleich zu erkennen. Nachdem er die Brille erst besehen, befühlt, dann auf- und schließlich abgesetzt hatte, sagte er: »Eine edle Gabe, sehr gut, Galdarbuwaa!«

Andere nannten mich anders.

Die Schulzeit kam, wie so manches im Leben zu einem kommt: sich von weit her kündend und am Ende doch überraschend. In Lehrbüchern steht, wie man Kinder jahre- und monatelang auf die Schule vorbereitet, sodass sie am ersten Schultag empfangsbereit wie ein abgewaschenes Gefäß zur Schule eilen. Bei mir war es umständlicher und doch einfacher.

Am ersten September 1951 lag ich mit einem verbrühten Oberschenkel auf dem Krankenlager und kreischte, wenn sich gerade nicht der Schlaf meiner wieder einmal bemächtigt hatte – eine Geschichte, die anzurühren mir schwer fällt. An einem gewittrigen Abend war Mutter draußen mit dem Melken beschäftigt, auch die Geschwister waren draußen. Vater war nach den Kamelen geritten, denn der Sommer war zu Ende und die Umzugszeit war gekommen. Ich als jüngstes Kind hatte in der Jurte bleiben dürfen, was aber meine Seele irgendwie belastet haben musste, denn ich begann zu arbeiten, für alle – bereitete das Abendmahl zu. Alles ging gut, bis ich den Herd für das Nächste, die Milch, frei machen wollte: Ich nahm den Kessel, in welchem Fleisch kochte, vom Herd herunter und wollte ihn in das Küchenregal stellen, wie Mutter es zu tun pflegte. Allein der gusseiserne Kessel, der seine acht Kilo gewogen haben mochte, der nun außerdem Brühe und Fleisch in sich barg, war zu schwer und zu heiß für mich. So entglitt er kurz vor dem Ziel meinen Fingern, und dann geschah, was ich nicht benennen möchte.

Das muss um den zwanzigsten August herum geschehen sein. Meinetwegen verspätete sich unser Ail in jenem Jahr um fast einen Monat, und was das für einen vom Wetter diktierten Lebensrhythmus bedeutete, werden vielleicht manche verstehen. Doch alle Schulkinder, darunter auch meine Geschwister, waren noch rechtzeitig abgereist, wie immer in Begleitung eines Erwachsenen, der am nächsten Tag die Pferde zurückbrachte.

Nach einer kleinen Ewigkeit erhob ich mich vom Krankenbett. Und da war auch unser Ail am Ak-Hem, unserem milchweißen Mutterfluss, angekommen. Das waren jene Tage und Nächte, da die Yaks und Pferde ihren Verstand zu verlieren scheinen, vor so viel Gras, plötzlicher Wärme wieder und der neuen Umgebung überhaupt. Auch ich lebte in jenen Tagen mit – wie ich damals glaubte – neuen und – wie ich heute weiß – geschärften Sinnen. War doch einen ganzen Monat lang von der Erde, dem Himmel, den Winden und den Sternen getrennt und durfte nun endlich wieder an sie heran. Alles schien anders, erhabener und geheimnisvoller geworden zu sein. Ich hockte zunächst auf dem Dungkorb, vom frühen Morgen bis in den langen, gelb-rot-blau-grauen Abend hinein, bis in die schwarze Nacht, in der die fernen Welten wirklich wurden und zu leben begannen, und konnte mich an dem, was meine Sinne einfingen, nicht sattleben. An die Schule dachte ich nur selten, doch jedesmal, wenn ich es tat, beschlich mich eine sanfte, zähe Trauer.

Da hieß es eines Tages, Vater würde die Geschwister im Kreiszentrum besuchen, bevor wir ins Gebirge zogen und uns von ihnen so weit entfernten. Ich sagte, ich käme mit. Das war mein gutes Recht, und ich wusste auch von vornherein, man würde es mir erlauben – ich war nicht nur das Jüngstkind, sondern nun auch noch das kranke Kind.

Wir ritten los, ich vorn im Sattel und Vater hinten, auf einem gerollten Tonn, dessen Schoß den hinteren Sattelbogen bedeckte. Ritten durch unseren sanften Mutterfluss, das Gebüsch, die Steppe und schließlich den mächtigen, gefahrvollen Homdu. Schon von der Flussmitte aus sah ich das Kreiszentrum. Die Häuser inmitten der Jurten erinnerten an Yaks in einer Schafherde. Ich muss gestehen, in diesem Augenblick verschwanden für meine Augen Deedis und Delegej – Himmel und Erde, genauer: das Universum – und es blieben nur noch diese Häuser übrig. Dazu muss ich wohl sagen, es waren insgesamt sieben Blockhütten aus entrindeten, ockergetränkten Lärchenstämmen. Aber es waren andere Zeiten, und ich hatte andere Bilder im Kopf. So erstand beim Anblick der ersten Häuser meines Lebens sogleich die Stadt, die ich aus Epen kannte, vor meinen Augen. Später sollte ich echte Städte sehen, vier Jahre später die Kreisstadt, sechs Jahre darauf die Landeshauptstadt und etwas später Moskau, Berlin und viele andere Ansammlungen von Häusern und Menschen. Aber keine entzückte mich wie diese an jenem Oktobertag vor dreißig Jahren.

Der Ausritt verlief ganz nach meinem Wunsch. Dabei nannte Vater, wo was war, und erklärte mir alles, wenn wir dann davor standen. Zuerst stiegen wir beim Kaufhaus ab, wo ich mir eine Packung Würfelzucker kaufen ließ, obwohl ich keine Süßigkeiten mochte. Darauf gingen wir um das Warenlager herum, sahen uns die Berge von Kisten und Säcken an, und da trafen wir den Wächter Kanabaj, der mit Vater einen ausführlichen Gruß austauschte und ihn dabei um seine Schnupftabakflasche bat. Das machten alle Kasachen, und nicht nur sie; es hieß, Vaters Tabak sei immer sehr scharf zubereitet gewesen. Der sonnenblonde, knochendürre Mann schüttete aus der Flasche auf seine hohle Hand einen Haufen, den Vater bestimmt in zehn Mal geschnupft hätte, und schüttete ihn darauf in den Mund mit einem Ruck, dass der Kopf für einen Augenblick im Nacken hing. Denn dieser nahm den fein gemahlenen Tabak nicht in die Nase, sondern in den Mund und behielt ihn, solange noch der bittere Geschmack zu spüren war, zwischen Lippe und Zahn. Eine Zeit lang verfolgte ich mit dem Blick die Bewegungen seiner Zunge: Sie schob und stopfte und verteilte den Haufen hinter die Zähne, in die Rillen. Währenddessen spuckte er immer wieder gelblich braune Stränge aus, die mir unglaublich reichlich und gekonnt erschienen. Bald aber verlor das seinen Reiz, und so drängte ich Vater zum Weiterritt.

Unser nächster Halt war das Tierkrankenhaus. Dort arbeitete Onkel Schöödün, der mich wieder anders – Gidisuwaa – nannte. Wir trafen ihn in einer riesigen Schachtel, die aber Kontor, Büro, hieß. Der Onkel saß gebückt über einem gelblichen Pulver und verteilte es mit einer winzigen Schaufel auf handtellergroße Papierfetzen, die um ihn herum in Reihen lagen. Das Pulver war Arznei, denn Onkel Schöödün war Tierdoktor. Er hatte von meiner Verbrühung gehört. So sagte er, nachdem er Vater, den Neffen seines Vaters, aufs Umständlichste begrüßt und mich an beiden Schläfen berochen und noch über die Backen gestreichelt hatte, dass wir, nun einmal hier, unbedingt zum Menschendoktor gehen sollten, denn die Verbrühung könnte, wer weiß, schlechte Folgen auf mein Wachstum hinterlassen.

Der Menschendoktor war ein Kasache, hatte einen mongolischen Namen, hieß Borhüü und sprach mit uns auf Tuwa. Ja, solches war damals möglich. Der Doktor besah die verbrühte Stelle, tadelte Vater, dass man ihn nicht sofort benachrichtigt habe, sagte, er wäre doch für uns da, es sei nicht in Ordnung, dass er von so einer Verbrühung nichts gehört habe. Doch er schien mit der Heilung der Wunde recht zufrieden zu sein, denn er lächelte, während er die schorfige Stelle abtastete und darauf mit einer scharf riechenden, angenehm kühlenden und harzgelben Flüssigkeit bestrich. Den Rest, die halb volle grüne Flasche, die später der Buckligen Großmutter als Schnupftabakbehälter dienen sollte, gab er uns mit.

Onkel Schöödün lebt heute nicht mehr. Borhüü aber lebt, dazu noch in der Bezirksstadt. Nur sagt man zu ihm nicht mehr »Doktor«, so wie man es auch zum anderen nicht mehr gesagt hätte, würde er noch leben. Denn nach der neuen Berufs- und Standesbezeichnung sind beide um einiges weniger: Arztgehilfe, oder wie es wörtlich heißt, Kleine Ärzte, im Gegensatz zu den Großen Ärzten, denen mit Hochschulbildung.

Vater meinte, wir sollten zu Großmutters Jurte am unteren Rand der Siedlung reiten. Doch meine Neugier war noch nicht gestillt. Also widersetzte ich mich. Was sollte man mit Großmutter? Die kannte man mehr als zur Genüge. Dafür wollte ich zur Schule, wollte sehen, wo und wie die Geschwister lernten. So lenkte Vater die Zügel auf das rötliche Haus zu, um welches herum ein niedriger Holzzaun stand, der, wie sich mit einem Mal herausstellte, weitere vier Häuschen, alle kalkweiß und recht niedrig, umschloss. Das waren die Küche, das Bad und zwei Schülerwohnhütten. Das Schulhaus war sehr groß, so groß, dass selbst ein beladenes Kamel da hineingepasst hätte. Bezaubert von alldem und gleichzeitig eingeschüchtert vom Widerhall der eigenen Schritte trat ich in den Gang, besah es mir von innen her, zählte acht Türen, hinter welchen man lautes unverständliches Gerede hörte. In der Zeit, in der ich so meine künftige Schule bestaunte, saß Vater draußen auf einem Lärchenklotz und unterhielt sich mit dem Schulwächter Galsan, den ich aus den Erzählungen der Geschwister bereits als einen lieben Menschen kannte.

Eine der Türen flog auf. Ein großer Junge trat heraus und hielt, wie ich zunächst dachte, einen weißen, euterrunden Stein vor den Mund. Da röhrte es, es war die Muschel, die das Zeichen zur Pause gab. Alle Türen flogen auf, jede spuckte eine Schar Kinder heraus. Ich vermochte keines am Gesicht zu erkennen, es war so ein Tumult, fast so schlimm, wie wenn eine Herde Lämmer plötzlich mit ihren Müttern zusammenkam. Ich rannte zurück, sah draußen aber Vater machtlos mitten in der Menschenflut stehen. Ich begann mich auf ihn hinzubewegen, und als ich dann endlich bei ihm angelangt war, entdeckte ich mit einem Mal neben uns die Geschwister, dünn und blass erschienen sie mir. Vater beroch und betätschelte sie umständlich, wovon die beiden recht beschämt dastanden. Allein er fuhr in seiner Liebkosung unbekümmert weiter, mit einem dumpfen, ölig weichen Laut, der aus der Tiefe seiner sehnsüchtigen väterlichen Seele zu sprudeln schien. Also merkte er entweder nichts von der Scham der Kinder, oder er machte sich nichts daraus.

Plötzlich bemerkte ich Dshetschek, meine gleichaltrige Base. Sie fasste mir, so schüchtern sie auch war, herzlich die Hand. Dabei kam auch sie mir schmal und blass vor, und spätestens an dieser Stelle muss ich erläutern, dass Blässe für uns Landvolk damals als Schönheitsmerkmal zählte. Ja, Dshetschek, was ja ohnehin Blume hieß, erschien mir sehr schön in diesem Augenblick. Und sie verduftete mit mir. Und wie mir irgendwann bewusst wurde, saßen wir in der Klasse, hinter einem Tisch und auf einer Bank. Dass die hohle Schachtel Klassenzimmer und die Dinger darin Tische und Bänke hießen, wusste ich damals natürlich noch nicht. Ebenso unbekannt war mir der Name der zusammengeleimten, schwarz bemalten Bretter auf zwei Stelzbeinen.

Doch die weißen Ornamente darauf kannte ich als Buchstaben, mehr noch, ich wusste ein jedes davon zu benennen. Was ich den Geschwistern verdankte, sie hatten sie aus der Schule mitgebracht und nach und nach auf mich übertragen. Wird man mir Eigenlob unterschieben, wenn ich hierbei noch verrate, dass ich so manches Mal an die Geschwister sogar Briefe geschrieben habe? Ich weiß doch, dass sie die mehrfach gefalteten Zeitungsränder mit dem, was ich darauf gemalt hatte, empfangen und den darin wohnenden Sinn sogar erkannt hatten. Doch ich sage, um jeden Zweifel gleich zu beseitigen, rundheraus: Ich hatte bei alldem nie die Ähnlichkeit mit einem Wunderkind.

Doch waren meine Vorkenntnisse an diesem Tag von Bedeutung. Denn ein halbes Dutzend Kinder saß in der Klasse und lernte im Chor die Buchstaben auf der Tafel ausrufen, anstatt, wie die meisten, die Pause zu genießen.

»Das sind die Schwachen«, flüsterte mir die Base ins

Ohr. »Die erkennen die Buchstaben, die längst dran waren, immer noch nicht wieder!«

Das kam mir seltsam vor, denn bisher hatte ich angenommen, dass meine Gleichaltrigen, die schon seit so vielen Tagen in der Schule waren, inzwischen sehr gelehrt sein müssten. Die Base, die meine Verwunderung wohl erkannt hatte, sagte jetzt laut: »Ich aber kenne schon alle Buchstaben, die wir im Unterricht gehabt haben!«

Kannten sie denn noch nicht alle Buchstaben? Ich fragte: »Wie viele sind das insgesamt gewesen?«

»Bisher dreißig.«

»Das heißt, fünf habt ihr noch nicht gehabt!«

»Oh, du weißt, dass es davon insgesamt fünfunddreißig gibt?«

Wie seltsam, kaum zu glauben! Und da wusste ich mit einem Mal, weshalb mich in der letzten Zeit immer wieder die Trauer beschlichen hatte: Ich werde mit Kindern zusammen lernen, die alle ein Jahr jünger sind als ich. Sie werden mich vielleicht den Alten nennen, wie ich es aus den Erzählungen der Geschwister wusste? Vielleicht brauchte das nicht zu sein? Mir wurde, als geriete ich in eine Wolkenhülle. Dann hörte ich eine Stimme, die eines Erwachsenen, eine mir bekannte Stimme, die jetzt aber mir Unbekanntes sprach. Das war der Lehrer.

Hier stoße ich auf eine weitere Schwierigkeit. Denn der Lehrer war mein leiblicher, mein ältester Bruder – was in die Erzählung nicht passen will, ich weiß. Aber ich kann und will der Wahrheit nicht Gewalt antun. So sage ich halt rundheraus, was wahr ist. Ja, das war unser ältester Bruder, der in Mutters Mädchenzeit geboren und darum in der

Jurte der Großmutter groß geworden und bis heute dort geblieben war. Er kam zu uns nur auf Besuch und verhielt sich zu uns, seinen Brüdern, den Habseligkeiten drinnen und den Tieren draußen wie eines der vielen Sippenkinder. Doch diese Kühle sollte sich wenig später auflösen, ja, grausam rächen. Denn Schogshur, so sein papiergültiger Name, starb mit kaum zweiundzwanzig Jahren, und dies traf nicht allein Großmutter, die damals längst am Stock ging und ab da aufhörte, ums Dasein auf der dunkelbunten Erde zu kämpfen; es brachte auch Mutter bald an den Stock. Und wie schwer betroffen standen wir seine Geschwister da! Es war nicht allein sein unzeitiger Tod, es war auch das Wissen in jedem über die unnatürliche Vergangenheit, die nicht wieder gutzumachen war. So konnten wir noch Jahre später nicht über unsere Tränen Herr werden, so oft wir den Blick auf Scholuk richteten. Dort, in der sandigen und windigen Steppe hatte er gelegen in seinem nur angedeuteten seichten Grab, ein ganzes Jahr lang unberührt. Erst dann holte ihn auf Mutters unablässiges Flehen hin der sagenumwobene Lama Galdar Bagschy wieder ans Himmelslicht und zerschnitt ihn in einhundertacht Teile – aus so vielen Knochenteilen besteht der Mensch. Die schleuderte er in alle Winde, während er die Vögel herbeirief, auf dass sie die Muttererde von dem Müll säuberten. Diese gewaltsame Vertilgung der leb- und sinnlos gewordenen menschlichen Hülle war, wie wir später Mutters Worten entnahmen, mit einer Feier verbunden, die sehr traurig ausgesehen haben muss.

Aber damals, an jenem Oktobertag des Jahres 1951, stand der Volkslehrer Schogshur quicklebendig mitten unter den Kindern und war ehrlich und ernsthaft bestrebt, ihnen Wissen beizubringen. Er hatte noch anderthalb Jahre Zeit zum Leben …

Dshetschek stieß mich an den Ellbogen und flüsterte: »Steh auf!« Was ich auch tat, aber mein Stehen muss der Haltung eines Schülers der anbrechenden Fünfzigerjahre, nach denen sich heute so manche ermüdete Lehrerseelen sehnen, recht wenig geglichen haben, denn ich sah über die Lippen des Bruders ein Lächeln huschen. Dann sagte er etwas, was ich nicht verstehen konnte.

So fragte ich auf Tuwa: »Was ist denn?« Diese meine kindische, verzweifelt-zutrauliche Gegenfrage anstatt der pflichtgemäßen Antwort mochte den jungen Menschen, der seine Sache ernst nahm und mir in der Schulklasse, vor seinen Schülern, Lehrer, aber kein Bruder sein wollte, in seinem Vorhaben verletzt haben, denn seine Miene verfinsterte sich merklich, und er sagte, zwar auf Tuwa, aber in einer befremdend kühlen Art: »Was machst du nun hier?«

»Ich möchte auch lernen«, entfuhr es mir unvermittelt. Und auch dies noch: »Ich kenne alle Buchstaben, kann lesen und auch schreiben!«

Er hob die Augenbrauen. »Aber dein Vater sagte …«

Schnell sprang ich ein und konnte ihn rechtzeitig unterbrechen: »Vater und Mutter sagen, ich darf hinter meinen Gleichaltrigen nicht zurückbleiben!« Meine Entschlossenheit mochte von meinem Unmut herrühren, darüber, dass er »dein Vater« gesagt hatte. Ich bin im Leben auch sonst kurzschlüssig gewesen, und das ist mir selten gut bekommen. Diesmal jedoch …

In dem Augenblick erschien in der Tür Vaters lange Gestalt, und seine helle, laute Stimme erklang: »Uj, Dshokonaj« – so nannten wir den Bruder – »ich finde den Jungen nicht!«

»Der steht hier und will Schüler sein.«

»Ja, Vater. Sonst bleibe ich doch hinter meinen Gleichaltrigen zurück!«

Vater blickte verdutzt in die Klasse, aus der ihn Dutzende vor Neugier brennende Augen anstarrten. Dann fiel sein Blick auf den Sohn, den Lehrer: »Aber ist es denn nicht zu spät für dieses Jahr?«

Am Abend desselben Tages saß ich in der Runde meiner Geschwister in der Jurte unserer Großmutter. Dshokonaj war mir ein Bruder wie noch nie bisher, machte mir Schulhefte zurecht, spitzte Bleistifte an und schnitt mir aus blauem Kattun eine Schultasche zu. Und Schwester Torlaa, Schülerin in der vierten Klasse und da aber Dsandan, nähte sie nicht nur fertig, sie brachte darauf auch einen roten, ebenso aus Stoff ausgeschnittenen Fünfeckstern an. Ach ja, die Tasche hatte auch einen Knopf, der unbedingt erwähnt sein will. Denn es war kein selbst gemachtes Ding, aus Horn etwa, nein, ein richtiger Armeeuniformknopf aus blinkendem Messing. Drei Grenzsoldaten, die vor einigen Monaten hier übernachtet hatten, mussten ihn verloren haben; Großmutter hatte ihn, als sie ihn später fand, in dem roten Holzkästchen aufbewahrt, in dem sie ihren Rosenkranz, das Geld, das der Bruder zweimal im Monat nach Hause brachte und aushändigte, und sonstige feine Sachen aufzubewahren pflegte. Die Soldaten waren nicht zurückgekommen, und so durfte der glitzfeine Knopf auf meine Tasche kommen.

So wurde ich Schüler. Nun aber zum Namen. Als wir

mit allem fertig waren und ins Bett gehen wollten, schien dem ältesten Bruder etwas einzufallen. »Der Name, dein Name«, sagte er. »Wie heißt du denn?«

»Wie ich heiße?«, fuhr ich verwundert auf. »Dshurukuwaa heiße ich doch!«

»Nein«, entgegnete er unwirsch. »Das geht nicht!«

»So? Dann heiße ich auch Galdaruwaa.«

»Geht auch nicht!«

»Mutter nennt mich auch Waantschik.«

»Waantschik? Waan-tschik ... Auch nicht!«

Ich nannte alle meine Namen, erfuhr aber, dass keiner taugte.

»Wie Torlaa, wie Galkaan, wie alle anderen Kinder auch, brauchst du einen neuen, einen besseren Namen ... Schon wegen der Schreibung ...«

Wie seltsam: Nichts ist einfacher als Dshurukuwaa zu schreiben! Ich habe keinen Namen, keiner hat einen Namen, den man nicht hätte schreiben können! Ich kam mir betrogen vor. Mir wurde mit einem Mal bewusst, dass ich nicht mehr in meiner vertrauten Welt, dass um mich etwas geschehen war. Die Unsicherheit, die ab da in meiner Brust hausen sollte, jene unheilbare Krankheit, begann.

Eben habe ich ausgerechnet, wie alt ich an jenem Abend in Wirklichkeit war: sechs Jahre und neun Monate. Und aus heutiger Sicht sage ich: An dem Tag und in der Stunde war meine Kindheit zu Ende. Die Jahre draußen unter den Leuten hatten ihren Anlauf genommen.

Das Kerzenlicht schien mir ungewohnt grell, ich wandte mich davon ab. Nun war ich zum ersten Mal im Leben auf die Suche nach der Welt gegangen, von der mich vorerst zwei Flüsse und die Steppe dazwischen trennten, und währenddessen hatte man mir einen tauglichen Namen ausgesucht. »Hörst du?«, zerrte mich aus den Gedanken wie aus dem Schlaf die Torlaa, und da hörte ich Großmutter sagen: »Nun dann. Galdan sollst du ab sofort heißen, mein Kind. Das war, wie ich gehört habe, ein vortrefflicher Recke. Also, Galdan, du sollst gut lernen in der Schule, ein tapferer Mensch sein im Leben und zum Ruhm der Vorfahren beitragen!«

Heute weiß ich, was der Name auf sich hat: Der westmongolische König Galdan-Boschigt blieb bis zuletzt fest im Sattel und in der Gesinnung und schreckte davor nicht zurück, den Kampf gegen die überzähligen mandschuchinesischen Truppen aufzunehmen, während die halhamongolische Obrigkeit längst von der Angst gepackt war und so den Eindringlingen die Stiefelsohlen und Sonstiges noch ableckte. Großmutter hätte für mich tatsächlich keinen besseren Namen finden können, allein ich vermochte ihn nicht zu behalten. Und das kam so.

Mein Bruder, der Lehrer, war mit diesem »Galdan« einverstanden und sagte, er würde mich am nächsten Morgen vor der ganzen Klasse auf Mongolisch nach meinem Namen fragen, und darauf sollte ich, stramm stehend, wie es sich für einen Schüler gehört, ihn schön laut aufsagen. Was nicht schwer schien, denn ich behielt die paar mongolischen Wörter nach einigem Üben im Ohr.

Und dann verlief alles wie vereinbart. Der Lehrer wandte sich, nachdem er einiges zur gesamten Klasse gesprochen hatte, an mich und nannte die mir geläufige Frage nach meinem Namen. Ich sprang auf, warf den Kopf zurück, legte die Hände ans Gesäß und wollte loslegen. Doch, großer Himmel, wie erschrocken war ich da, denn mir fiel der Name nicht ein. Ich begann zu suchen: Ga… Gal… Es kann nur einen Herzschlag lang gedauert haben, aber ich war schon nah am Vergehen, und da endlich glaubte ich ihn, den verfluchten Namen, gefunden zu haben: »Galsan!«

Dass ich darauf kam, war ziemlich erklärlich, denn es gab ihn zu der damaligen Zeit dreimal unter den Tuwa. Einer davon ist der Schulwächter, wie der Leser bereits weiß. Und einen Galdan gibt es, soviel ich weiß, bis heute nicht. Der Lehrer nickte zufrieden und trug den Namen ins Klassenbuch ein. Ich durfte mich wieder hinsetzen. Aber jetzt fiel mir ein, dass ich nicht Galsan, sondern Galdan heißen sollte. Hatte auch der Bruder, der Lehrer, vergessen, was Großmutter gesagt hatte? Offensichtlich ja!

Ich ahnte, dass Unkorrigierbares geschehen war. Denn die ganze Klasse hatte doch gehört, wie ich hieß. Und da sollte ich plötzlich aufstehen, um zu sagen, dass ich doch anders hieße? Ausgeschlossen! Wir hatten Lesestunde, und sehr bald kam auch ich daran. Der Lehrer rief: »Galsan!« Ich sprang auf und las vor. Die Sache war erledigt …

Die Viertelliterflasche ist bald leer. Mein Trinkgenosse hat entgegen seinem Alter einen rosigen Schimmer über dem ganzen Gesicht bekommen. Wer weiß, wo er eben verweilt hat? Ich fühle mich erfrischt und erholt, ein Zustand, in den ich schon seit vielen Jahren jedesmal gerate, wenn ich der Vergangenheit nachgespürt und sie dabei von den Rostflecken befreit habe, von denen sie befallen war.

Ein letztes Mal greife ich zu der Flasche. Sie gibt genau zwei randvolle Gläser her, was mir wie ein gutes Omen vorkommt. Ich hebe mein Glas: »Auf Euer Wohl, Großvater!« Mein Gast fasst sein Glas beidhändig, erhebt es, nimmt dann die Rechte frei, taucht den Zeigefinger in den Schnaps ein und schnippst damit erst nach vorne, darauf nach oben und zum Schluss nach hinten. Dann sagt er: »Also, Galsan, auf dein gutes Geschick, Sohn!«

Ich tu ihm in allem nach. Und ich wünsche mir: Der sich so auf mir festgesetzte Name möge mir weiterhin ein guter Begleiter auf der Reise sein, die erst einmal andauert und immer erlebnisreicher zu werden verspricht, je weiter es geht.

An einem Maientag

Bin nun der oft gerühmte und noch öfters bemitleidete arme Student. Die Jugend und die Dürftigkeit sind die beiden Pfähle, zwischen welche eingespannt mein derzeitiges Leben verläuft. Womit ich etwa nicht jammern noch angeben will – es ist lediglich der nackte Sachverhalt. Dabei bin ich wohl einer der wenigen echten unter den vielen Studenten. Das soll im Klartext heißen: Ich lerne fleißig und erbringe auch durchaus gute Leistungen. Und als solcher bin ich wohl schon bekannt und ein wenig verwöhnt auch, denn ich spüre so manche Bewunderung von Seiten der Mitwelt, und dies am deutlichsten in ihrer universitären Mitte mit dem leicht stickigen Geruch unter dem rötlich gelben Dämmerlicht, was aber einem urvertraut und wohlig beschützend vorkommt – eine wahre Gebärmutter für den, der noch werden muss.

Also lerne ich bewusst und lebe zuversichtlich einer hellen Zukunft entgegen. Lebe voller Erwartung und dankbar für jede Vergünstigung zum Leben. Für die studentische Bahnermäßigung zum Beispiel, da ich viel reisen muss. Und dies nicht etwa aus reinem Vergnügen, nein; wer will, darf nun schmunzeln, grinsen, feixen, grienen … kurz, seine Gesichtsmuskeln danach ziehen, wonach ihm die Sinne stehen: Die Gemeinschaft, zu der ich gehöre, hat auf mich zusätzliche Bürden getürmt, was mich übrigens nicht nur belastet, sondern auch erfüllt und ehrt. Denn die Bürden heißen Wahlfunktionen, und dies, da ich eben einer der wenigen bin, die ihre Aufgabe ernst nehmen und sogar darüber hinausgehen. Auf mich kann man schon bauen ...

Das Ermäßigungsformular ist an zwei der sieben Wochentage zu vergeben, gesetzt den Fall, der Schaltergenossin Liese Leidle wird das Kindchen nicht wieder krank. Heute scheint es wohlauf zu sein, denn ich werde einer Schlange vor dem Schalter ansichtig, und sie ist wieder einmal beträchtlich, länger jedenfalls als die mir vom Fernsehen her vertraute Anakonda. Doch stelle ich mich an. In der Brauerei zwei Häuser weiter sind bestimmt Hunderte oder gar Tausende von Flaschen gefüllt worden und haben den Weg zu den Verbrauchern angetreten, während ich mich in der Schlange mitwinde und die Strecke vom Schwanz zum Kopf überwinde. Dann darf ich des Bestrebten habhaft werden, dies aber gegen die Abgabe des Studentenausweises, auf dass die zuständige Genossin meine Angaben eigenäugig prüfen, das Formular eigenhändig ausfüllen und dabei wohl auch dies oder das in das Aktenbuch eigenmächtig eintragen kann. Spätestens da, meine ich, darf die menschliche Geduld zu Ende sein, denn ich drehe mich schon um und eile davon, kaum spüre ich das sehnsüchtig begehrte Papier endlich zwischen den Fingern der seit einer ganzen Weile ausgestreckten und schon ertaubenden Hand.

Da muss mir der andere beschriftete und bestempelte Wisch, der Ausweis, abhanden gekommen sein. Das merke ich erst, während ich in der nächsten Schlange stehe, diesmal vor dem Fahrkartenschalter auf dem Bahnhof, und schon verlangt die Genossin Hanna Strammer mit der

Dreimännerstimme und dem Vierkantenblick danach. Zuerst suche ich eine Tasche nach der anderen ab, und dies so lange, bis mir einfällt, dass ich ihn vorhin drüben nicht wieder eingesteckt haben könnte. Nun beginne ich, mein Gegenüber anzuflehen: Sie soll mir, bitte doch, glauben, denn ich habe auch andere Papiere, die ausweisen, dass ich Student bin. Dabei halte ich in der Hand gestapelt: den Heimausweis, den Personalausweis, das Leserheft ... Doch, ach, nichts hilft, ich müsse entweder den Studentenausweis, der vorzulegen sei, holen oder die Fahrt voll bezahlen. Ich bin in einer dummen Lage: Geld oder Ausweis. Von beidem habe ich zu wenig. Aber ich muss mit dem Zug fahren!

Ich versuche zu verhandeln: »Also geben Sie mir dann die volle Fahrkarte, wofür das Geld, das ich bei mir habe, nicht ganz ausreichen wird. Dafür, bitte, behalten Sie eines meiner Papiere, oder meinetwegen alle zurück. Ich werde morgen mit dem Mittagszug zurückkommen und sie gleich gegen das Restgeld abholen.« Leider, leider: Die Frau Genossin will von solchem nichts hören, und sie zischt: »D'näschte!« Ich werde weggeschoben, den angestauten Unwillen der Hinteren im Nacken und die Kehle voller Bitternis, die zu dem Gedanken zusammenrinnt: Eine verpreußte Sächsin ist noch schlimmer als zwei versteppte Mongolen zusammen ...

Angestachelt von diesem sperrigen Gedanken, der eine winzige, aber angenehme Befriedigung verschafft, steige ich in den Zug ein – ohne die Fahrkarte. Vielleicht hoffe ich, während ich mich zu diesem Wagnis entschließe, ein wenig auf das gute Glück, was heißen will, der Schaffner ist wieder einmal ein gemütlicher, gutmütiger Kerl, oder er zeigt sich gar nicht. Doch es kommt, was kommen muss: Der Schaffner Otto Lochke stellt mich und lässt meine ausgestreckte Hand mit den Ausweisen sogleich erlahmen: »Nur am Schalter werden Sie ermäßigt. Hier müssen Sie nicht nur voll, sondern auch einen Zuschlag bezahlen!« Ich werfe alles ins Spiel, was ich in mir finde, doch es stellt sich heraus, dass alles, aber auch alles machtlos ist angesichts eines deutschen Beamten im Dienst. Meine Erzählung, dass ich im Auftrag der gesamten ausländischen studentischen Jugend an der Karl-Marx-Universität reise, auf dem Wege zu einer Freien Deutschen Jugend-Gruppe, die unsere Erfahrung und Unterstützung braucht, und die Schlussfolgerung, dass solches letztendlich doch dem Arbeiter- und Bauernstaat diene, scheinen ihn durchaus zu beeindrucken. Dennoch bleibt er unerschütterlich bei seiner Meinung, ich soll die Strecke bis zum nächsten Halt bezahlen und aussteigen, da er sonst zu der Maßnahme übergehen müsse, Gewalt gegen mich anzuwenden. Was ich ihm sofort zutraue, nach all dem. Und da weiß ich, in einem roten Preußen steckt kaum weniger Gefahr als in einem braunen, und der eine wie der andere kann sturer sein als der Hals eines verreckten Ochsen in der mongolischen Wintersteppe.

Also bezahle ich die Strecke und steige aus, erniedrigt und ernüchtert. Zeitchen muss vergehen, bis ich den Maientag voller Sonne und Blütendüfte um mich herum wahrnehme. Nach und nach komme ich zu mir und meine irgendwann, dass ich mich eigentlich freuen müsste über die mir aufgezwungene Erkenntnis. Denn jetzt glaube ich, einiges, was mir, und nicht nur mir allein, früher unbegreiflich erschien, endlich begriffen zu haben.

Tempo

In der Mittelschule hatten wir Kopfrechenübung, und dies täglich gegen Ende der Mathematikstunde. Die Aufgabe, die der Lehrer nennt, darf nur im Kopf gelöst werden. Und wer das Ergebnis schon hat, darf vortreten, es stumm in das allgemeine Sudelbuch hinschreiben und den Raum verlassen. Es war meistens ein gewisser L., dem zu liegen schien, der Schnellste zu sein. Und ihm galt anfangs der bewundernde, später der spöttelnde Blick der ganzen Klasse. Denn er war zwar der Schnellste, aber das, was seinem Hirne entsprungen, entpuppte sich am Ende immer als nicht zutreffend. Doch was machte dies schon aus – für die Schüler der unteren Klassen, die um diese Zeit draußen tummelten und bald auch herausbekamen, weshalb denn der Große da immer wieder als Erster herauskam, galt er längst und weiterhin als *der mathematische Schädel.*

Einmal arbeiten wir angehende Studenten auf einem Staatsgut. Früh fahren uns fünf Autos auf die Arbeitsplätze. Es heißt, der beste Fahrer führe uns, denn wir fahren vorne. Dies allerdings nur auf dem Hinweg. Am Abend, auf dem Rückweg, werden wir von einem anderen mitgenommen. Unser Auto vom Morgen blieb am Rande des Ackerfeldes, ist kaputt.

Ein Dutzend junger Menschen aus allen Erdteilen müssen in einer Gruppe die Landessprache lernen. Unter uns war ein gewisser Mayala, ein kaffeefarbener Hüne aus einer Wetterecke der Erde. Er kann so schnell reden, man möchte meinen, wie aus einem Maschinengewehr geknattert, und dies zu einer Zeit, in der wir nur mühselig einzelne Worte heranschleppen, um den einfachsten Satz zusammenzukriegen. Allein das Mayala-Deutsch hat einen Schönheitsfehler: Kein Mensch kann es verstehen, auch der Lehrer nicht. Denn wenn man dem, was der Schnellredner von sich gibt, eine Weile zuhört, dann muss man meinen, jener sei bestrebt, in jedem Satz aus drei Wörtern mindestens vier Fehler unterzubringen. Da nimmt einmal ein Mitarbeiter der mongolischen Botschaft an unserem Unterricht teil. Und nach der Stunde sagt er zu mir: »Nimm dir doch ein Beispiel an dem mit der gelben Brille, Junge!« Er meint ihn, den Mayala.

Oft brüte ich tagelang über einem Vierzeiler. Dabei denke ich neidvoll an Poeten, die alle Jahre einen dicken Gedichtband herausbringen. Doch mich trösten so manche Beispiele.

Wanzen

Das Viermalsechsschritt-Zimmer im Studentenwohnheim kommt mir mit seinen eckigen Pressspanmöbeln gleich auf den ersten Anblick mehr als gut, ja, fast vornehm vor. Es ist um ein Winziges mein erstes eigenständiges Obdach in jenem Leben von achtzehn Jahren, denn der, der es mit mir zu teilen hat, zeigt sich dank der internationalistischen, sprich, liebestollen weiblichen Bevölkerung des Gastlandes nur selten. Also erhebt in mir bereits ein kleiner Besitzerstolz den Kopf, der mit der Zeit noch einen ordentlich steifen Nacken bekommen soll.

Am ersten Morgen, als ich das Bettlaken glatt ziehen will, finde ich darauf einige kleine schwarze Tierchen, die sich träge davonbewegen. Ich empfinde nichts, nicht einmal frage ich mich, woher diese Käfer denn kämen. Klopfe sie einfach herunter und zerquetsche dabei einige, dass sich kleine rote Fleckchen in das Weiß des Tuches eindrücken. Auch da frage ich mich nicht, was für seltsam zerbrechliche Geschöpfe ich da vor mir habe.

Um diese Zeit besucht mich der Betreuer. Es ist ein FDJ-Mensch, der sich vor Vorgesetzten und anderen Mächten gern beflissen zeigt, und ich mit meiner Hilflosigkeit bin eines seiner Opfer. Von einem Buch, das ich dem Besuch zeigen will, klopfe ich behutsam einen der Käfer, von denen ich inzwischen manches weiß, dies zum Beispiel: Sie haben sich deutlich vermehrt und bedürfen meiner Anwesenheit so sehr, dass mein Bett von ihnen wimmelt, wenn ich abends darin liege. Nun also klopft ich den, der gerade den Rücken des Buches entlangkriecht, auf den Schreibtisch. Was den Betreuer zu verwundern, ja, zu erschrecken scheint, denn er verzieht das Gesicht und prustet laut heraus: »Das ist ja eine Wanze – töten sollst du sie, schnell!«

»Wanze« höre ich zum ersten Mal, »töten« aber weiß ich bereits, und nun trifft mich die Aufforderung irgendwie unangenehm, muss ich zugeben. Denn mir kommt recht roh, sogar unverschämt vor, »ein Naturkind«, für das ich mich längst und gern halte, dazu veranlassen zu wollen, ein Lebewesen zu vernichten. So kann ich meine Empörung nicht verbergen und sage schroff: »Immer töten, töten – Faschismus!« Mein Besuch, der Genosse Betreuer, erhebt sich beleidigt und verlässt den Raum.

Später schaue ich im Wörterbuch nach. Und wie erschrocken, wie beschämt sitze ich da, als mir nun bewusst geworden ist, in was für ein Ungeschöpf ich Gefühle vergeudet habe. In der Jurte, in der ich geboren und groß geworden bin, kannte man gewiss Läuse, bitte. Doch die Bücher in der Jurte erzählten auch von Wanzen, und so habe ich eigentlich recht genau gewusst, was es damit auf sich hat: Selbst der deutsche Faschist, der ein Haus besetzte, hat sich davor geekelt und daher sein germanisches Maul nicht geschont, die beiden russischen Wörter auszusprechen: »klop jest'« – gibt es Wanzen? Und mit diesem Ungeziefer habe ich also unter einer Decke gelegen, und um dessen bisschen abscheuliches Leben willen habe ich meine Beziehung zu meinem Betreuer, einem Parteigenossen, verdorben, der junge, unfertige Menschen wie mich zu erziehen und zu veredeln hat, oje! Mit einem Mal schlägt mein Mitgefühl für die »Käfer« in ekelvollen Mordshass um, und so springe ich auf, reiße das Holzbett auseinander und klatsche alles, was sich mir an Vertraut-Verdächtigem zeigt, in Blut und Haut.

Nicht genug aber damit. Wenig später haste ich die acht Treppen hinunter, reiße die Tür des Verwaltungszimmers auf und schreie in das runzlige Gesicht des alten Heimleiters: »Bei mir Wanzen!«

Er sagt geduldig: »Ja, das ganze Heim!«

»Wegmachen!«, zetere ich.

»Ja, spritzen!«, sagt er müde.

»Gleich!«, dränge ich.

»Nee, nee, mei Gudster!«, wehrt er ab. »Vielleicht morgen.«

»Morgen, morgen!«, äffe ich ihn nach und will am liebsten in jede der Runzeln des gütigen alten Gesichts ein paar Wortkugeln schicken, in der Art wie: »Du wolltest in Russland doch auch nicht mit Wanzen ins Bett gehen, oder?« Doch da fiel mir ein, er könnte ja ebenso gut auch in einem KZ-Stall mit ihnen geschlafen haben. So schweige ich da wenigstens und gehe.

Am nächsten Tag und noch neun weitere Male wird mein Zimmer bespritzt. Zwar gibt es jedes Mal genug Arbeit mit Aus- und Aufräumen und darauf einige Tage und Nächte lang Kopf- und Halsschmerzen. Die Wanzen aber bleiben. Nach dem zehnten Mal und den immer noch quicklebendigen Wanzen sage ich der chemiekrausen und -blonden Dame, die sich mit dem Messingbauch und Kotzschlauch scheppernd und stinkend die Treppe hinaufschleppt, zu mir brauche sie nie wieder zu kommen, worauf sie verständnisvoll nickt und erleichtert sagt: »Nicht wahr?«

Doch die Wanzengeschichte endet damit keineswegs. Sie beginnt, erst recht interessant zu werden, denn ich habe, wohl aus Selbsterhaltungstrieb, ein Drei-Punkte-Wanzenprogramm ausgedacht und gehe daran, es ab sofort zu verwirklichen. Erstens kaufe ich mir eine Federpistole mit Gummigeschoss und klatsche damit jede Kreatur dort, wo sie sich mir zeigt. Zweitens lege ich jedem Brief an einen Deutschen oder eine Deutsche eine lebende Wanze bei. Drittens schreibe ich an einer satirischen Erzählung mit dem Titel »Deutschland, deine Chemie, deine Wanzen«.

Eine jede Tat hat Folgen. Der Heimleiter will mir die Leviten lesen, als er auf die blutbespickten Zimmerwände und -decke aufmerksam wird. Aber schnell beschieße ich ihn mit Wortkugeln, die ich in mir für ihn bereitgehalten habe: »Typisch, dass hier an Wände gedacht wird, und auch nicht ein bisschen an Menschen, wohl da diese nur Ausländer sind!« Der alte Mann schüttelt müde den Kopf und geht.

Ich bekomme nicht wenig Antworten auf meine Post. Aber in keiner einzigen ist von der Wanze die Rede. Ich meine, entweder sind die Menschen so oberflächlich, oder sie sind von der Beigabe so beschämt, dass sie darauf lieber nicht eingehen.

Die Erzählung droht längst, zu einem ganzen Buch anzuwachsen. Ich schreibe und schreibe daran, finde kein Ende, finde aber darin wohl einen kleinen Trost.

Als dann die Jahre um sind und ich in die Heimat zurückkehre, enthält mein Reisegepäck unter anderem das recht umfangreiche Manuskript, das ich nun endlich abschließen will, da Deutschland, Wanzen und Chemie erst einmal hinter mir liegen. Wo ich wieder lande, ist es ein fremdes Stück Heimat. Nicht Vater, nicht Mutter und auch nicht Freunde habe ich dort. Mich erwarten Pflichten, Neider, Aushorcher. Ich werde unter einem halb verfallenen, feuchten Lehmdach untergebracht. Als ich am nächsten Morgen erwache, sehe ich als erstes zwei feiste Wanzen wie im Wettlauf die Wand emporkriechen.

Das Ende der Geschichte kommt spät, aber endgültig. An dem Tage, an dem ich mir einzugestehen wage, auch wir haben unsere Wanzen …

Eine Geschichte in zwei Verpackungen

1967: Der unmögliche Traum

Was heißt ein Fachmann? Ein eingefleischter, da durch Staat, Stand, Geburt oder Ähnliches zugelassener Angeber mit irgendetwas!

Zumindest müssen wir drei – Udivo, Nassah und ich – dies gemeint haben, als es in einem Meinungsstreit um »das Absolute« ging und wir einstimmig behaupteten: Ja, es gäbe dieses Absolute. Der Beweis war man wohl selber, als ein absoluter Kenner und Könner auf seinem Gebiet. Und wer gerade mal zwanzig Jahre alt und Student und dazu noch Ausländer ist, der darf nicht ohne ein Gebiet leben, wo er als Bester hin und wieder etwas zum Besten geben kann, klar.

Udivo pflegt auf sein gründliches Studium zu pochen und daraus zu folgern, dass er bereits in Kenntnis über alles den wahren Verstand Betreffende wäre. Nassah lässt gern riechen, wie viele pricklige und schlüpfrige Geschichten mit dem schönen Geschlecht hinter ihm plattgewälzt und dampfend lägen. Und ich meinerseits vergesse nie, meine Herkunft als Hirten- und Jägersohn herauszukehren, und werde nimmer müde, zu erwähnen, wo ich geboren und herangewachsen bin: im Sattel.

Nun. Das Absolute anerkennen heißt letztendlich, im

Dreigestirn unserer Seminargruppe einen von uns als den am hellsten leuchtenden gelten lassen. So zumindest die Übereinkunft. Wer aber, der sich für einen »Star« hält, will sich schon kampflos geschlagen geben? Da wir uns nicht einig werden können darüber, wer von uns dreien der wahre Leuchtstern wäre, rät uns der Gruppenhäuptling, es doch öffentlich in der Tat zu beweisen. Nach mancher Suche wird der Weg gefunden, wie man zu der Tat, dem Beweis, kommen soll. Ein jeder von uns Wettbewerbern schickt eine Anzeige an die *Volkszeitung*, und die Leser können Folgendes erfahren:

»Alleswisser – Intelligenter junger Mann, als Naturbegabung und nun auch von Beruf Philosoph, befriedigt jede Wissbegierde!«

»Damenhelfer – Weichherziger, tatkräftiger junger Mann steht jeder Hilfsbedürftigen liebend gern bei!«

»Pferdekenner – Im Sattel geboren und zum Mann herangewachsen, macht aus Dir einen Reitkünstler mit Herz, Seele und Verstand!«

Da ist nun der Tag gekommen, an dem wir unsere Kunst zeigen sollen. Jedem von uns ist ein Raum zugewiesen, wo wir uns mit unseren Kunden aufhalten könnten. Sonnabendlich angezogen gehen wir alle drei zusammen hin.

Zuerst kommt der Raum der Wissenschaft. Es ist dort was los: Viele Gesichter, die meisten davon nach oben offen, glänzen wohl vor freudiger Erwartung; gezückte Stifte, aufgeschlagene Hefte.

Dann kommt der Raum der Liebe. Dort scheint es noch toller. Einem Blumenstrauß gleicht das Publikum, geschminkte Lippen, gerötete Wangen und zur Tollheit erwachte Augen, so manche bereits Funken sprühend und tränenglänzend.

Ein wenig neidisch, aber mit dem Wissen aus den Märchen – dem Dritten und Letzten ergeht es immer am besten – schreite ich erhobenen Hauptes weiter und komme am Ziel an. Und mir springt der Mund auf und bleibt sperrangelweit stehen: Ein riesiger, menschenleerer Raum gähnt mir entgegen! Als hätte ich einen Klaps gegen die Stirne bekommen, stehe ich einen Augenblick lang fassungslos da, will dann davonrennen und pralle gegen einen kleinen Jungen von acht, neun Jahren vielleicht, der nun nicht nur umfällt, sondern auch noch davonpurzelt. Der aber irgendwann stehen bleibt, aufspringt und feierlich zu mir spricht: »O großer Pferdekenner! Ein jedes Lebewesen ist entweder männlich oder weiblich vom Geschlechte. Aber wieso heißt es dann *das* Pferd?«

Nichts ist leichter, als darauf zu antworten, denke ich. Doch als ich dann mit der Antwort herausrücken will, merke ich, dass das vorhin aufgesprungene Maul mir festgeklemmt ist. So sehr ich nun versuche, es wieder zuzubekommen, es gelingt mir nicht. Da bekomme ich einen Schreck und fange an, zu lallen und zu bellen. Das dauert so lange, bis ich erwache.

Wie gut, dass es nur geträumt ist und die beiden Halunken, der *hara* und der *mierda*, davon nichts wissen!

1981: Die drei Absoluten

Wie, denken Sie, sieht ein Philosophieseminar werdender Germanisten von unterschiedlicher nicht nur Haar- und Hautfarbe, sondern auch Erziehung und Überzeugung aus? Etwa dem ähnlich, was auf Seite 994 ff. des *Neuen Handbuches zur Durchführung von Seminarstunden gesellschaftswissenschaftlicher Fächer an den Universitäten und Hochschulen der Deutschen Demokratischen Republik* geschrieben steht? Weit verfehlt!

Beweis? Hier:

Es geht um das *Absolute*. Gibt es dieses? Oder gibt es dieses nicht? Herr Professor Heggelbachs (mit dem bürgerlichen Namen Hans-Jürgen Riechers) lässt die Frage in der Luft schweben. Was überhaupt seine Art ist. So erst soll es interessant werden. Es entbrennt ein Streit. Gewiss, nicht alle brennen gleich. Von den dreizehn rauchen und flammen vorerst drei nur. Es sind jene drei, die irgendwann ein wenig unsanft »die drei Verrückten« genannt und dann dabei belassen worden sind. Wenn es wirklich auf alle Neuschöpfungen Patente gäbe – das auf diese Benennung, die mittlerweile von allen mitbenutzt wurde, sollte Ella Figuereva de la Cuba gehören. Das Mädelchen, die Jüngste in der Gruppe und in Orten, wo blasse Hautfarbe und Magerkeit zu Schönheitskennzeichen zählen, aus doppeltem Grund für die Schönste gehalten, hatte eine an die Leidenschaft grenzende Schwäche für das ausdrucksstarke deutsche Wort »verrückt«. Auf die Innenfläche der eisigkalten Hand der schimmelblassen Achtzig-Pfund-Havannerin wollte sich der Glücksvogel in der Gestalt eines sächsischen Herkules niederlassen, aber die Kleine hatte im Freudenschreck ausgerufen: »Sie sind verrückt!« Und weg war der Glückshahn – Witz natürlich, und zwar kein schlechter.

»Die drei Verrückten« also. Das sind Ovidiu Ceciuscu Lazarescu, Hisham Jubouri-Beydhoun und ich, Irgit Schynykbaj-oglu Dshurukuwaa, der nun einmal ganz anders benamst im Deutschland des Ostens und in einer Mischsuppe untergetaucht lebt. Was sind die hervorstechendsten Merkmale dieser Mischsippe, mit drei Worten erzählt? Der Erstgenannte: kann sich zu Weißglut ärgern, betont man die Endsilbe seines Nachnamens oder leitet man daraus die Mehrzahlform als *Kühe* ab; hat sich irgendwann mit der klassischen griechischen Philosophie abgegeben und redet gern. Der Nächste: ein waschechter Damaszener, wie er mit heiligster Überzeugung vorgibt; liebt das Schöne und alles, was dazu gehört; ist ein Magnet für das Geschlecht, das irgendwann irgendeiner für schön befunden haben soll; ist jedoch ein guter Kumpel auch für die anderen. Und der Letzte: ein Steppenpony, durch einen launischen Zug des Lebens in einen kunterbunten Stall voller Rassetiere geraten, die es aber überzüchtet findet und darum Gäule nennt; ein Spätling und noch unbeschnitten dazu und darum tob- und streitsüchtig, wie jeder angehende Hengst eben.

Das Besondere an dem Tag, an dem uns der Herr Professor das Thema vorsetzt, ist, dass wir drei, die sonst immer aneinander vorbeizureden pflegten, mit einem Mal uns einig sind, darin: Es gibt das Absolute! Woher aber dann der Streit? Weil sich die übrige Gruppe uns entgegenstellt. Nicht etwa, dass alle anderen unter sich einig wären; nein, die einen behaupten strikt, es gäbe das Absolute nicht, die anderen meinen, es wäre falsch, die Frage so zu stellen, und der Rest tut noch geschickter: Es komme darauf an, welche Kategorien betreffend, wo, wann, wie und was noch sonst.

Der Herr Professor konkretisiert die Frage, schmunzelt vergnügt: »Zum Beispiel im Wissen und Können, Sie alle betreffend, unmittelbar in diesem Augenblick?« Die Gemäßigten werden stutzig, wir drei aber erst recht siegesgewiss.

So Ovidiu Ceciuscu Lazarescu: »Ich weiß absolut, dass ich von der klassischen griechischen Philosophie mehr verstehe als gewisse Herren zusammen, die immer gegen mich loszuziehen pflegten, heute aber bei mir Schutz suchen, weil sie gerochen haben, die Sache wird brenzlig!«

So Hisham Jubouri-Beydhoun: »Ich weiß absolut, dass ich das, was ein Ovidiu Ceciuscu Lazarescu soeben gesagt hat, für mich in Bezug auf meinen tadellosen Umgang mit dem schönen Geschlecht behaupten darf, vor allem in Hinsicht gewisser Herren, die sich heute anders verhalten als sonst und die Wohlerzogenen vorzugeben trachten!«

So meine Wichtigkeit: »Ich weiß absolut, dass ich vom Pferd als Wesen mit Charakter und Seele mehr verstehe als ein Herr Romi'niskuh samt seiner ganzen Rinderherde und damit mehr zustande zu bringen weiß als ein gewisser Araberhengst mit seiner ganzen Stutenherde!«

Jeder dieser – ja, ich weiß es – stinkfrechen Kanonenschüsse wird von den lieben Kommilitonen sozusagen mit einer krachenden Gewehrsalve begleitet, die ebensolche Frechheit enthält und gerade darum die Unserige abdämpft:

»Eine Kuh mit einem Bullenschwanz – und die klassische griechische Philosophie, oje!«

»Ein Unzuchteber, der meint, das süße Geschick komme daher, dass er zwar auch nur ein Schwein, aber ein dem Schwein am wenigsten ähnelndes Exemplar sei, hü-hott!«

»Das Steppenpännle, das glaubt, die Herde einer hohen Edelrasse leiten zu müssen, ei poss!«

Die Seminarstunde ist um. Herr Professor Heggelbachs vermerkt, treu der biederen Art des Bürgers und Genossen Hans-Jürgen Riechers, es sei für ihn amüsant und lehrreich gewesen, so gegensätzliche, aber immer lebhafte Meinungen zu hören, verspricht, nächstes Mal Zusammenfassendes dazu zu sagen und bittet uns, bis dahin das heute Gesagte noch einmal durch den Kopf gehen zu lassen.

Was richtig, aber nicht nötig ist, denn es ist in der Gruppe das Normale, dass der Seminarstoff keinen Platz in den Aktentaschen findet, auch nicht in den Tischladen zurückbleibt, sondern dass er mitgeht. Ja, der Streit kommt auf dem Wege zur Mensa, in der Mensa, auf dem Heimweg, im Heim immer und immer wieder auf wie ein Waldbrand. Vielleicht halten gerade die Frechheiten, die man sich erlaubt hat, auf die Gefahr hin, sie könnten diese oder andere wohlgestalteten Gemüter leicht gestört haben, den Geist noch lange wach.

Und in der darauffolgenden Nacht träumt es mir:

Ich stecke in einem feierlichen Terzett, wie umgeben von dem heiligen Wahnsinn eines Schamanen, Ohr an Ohr mit den anderen beiden Verrückten. Der Ort, wo wir uns befinden, ist der Karl-Marx-Platz zu Leipzig. Da kommt eine Putte mit dem Gesicht des Herrn Professor Heggelbachs hergeschwebt und umschwirrt uns sanft. Dann schwebt er noch sanfter davon, und sein Schatten, der aber ein Leuchtschein ist und auf den Beton des Platzes fällt, zieht als schnurgerader, himmelblauer Teppich hinter ihm her. Wir schreiten darauf los. Es scheint recht lange zu dauern, denn da gehen mir eine Menge Gedanken durch den Kopf, nämlich: Ovidiu Ceciuscu Lazarescus knittrige gelbe Stirne wahrnehmend, denke ich, dass das Wissen Läusen gleiche; es verkrieche sich immer in Falten, und von dem Hisham Jubouri-Beydhoun denke ich, seine kräftige, ein wenig schiefe Nase im Blick: Auch bei den Hammelböcken sei es nicht anders – je gebogener der Nasenrücken, desto erfolgreicher das Geschäft. Das sind Gedanken, ich gebe zu, die ich durchaus schon früher gedacht haben könnte, nur schließt sich an sie jetzt etwas, was bei mir noch nie da gewesen ist: Neid. Ja, ich werde beim Anblick der Belesenheit und der Liebestollheit neidisch. Oder heißt dieses schlimme Ding, das an der Leber zwickt und reißt, in die Nieren sticht und brennt, etwa anders?

Dann erkenne ich vor uns den Neptunbrunnen, und darauf stehen anstatt der bekannten Figuren drei neue, die ich trotzdem alle erkenne – es sind Buddha, Mohammed und Jesus. »Ihr seid also die drei Absoluten?«, sprechen alle drei mit einer Stimme, und dies in ur- und unschönstem Sächsisch.

»Ja, Ihr drei Erleuchteten«, antworten wir ebenso einstimmig, aber auf Hochdeutsch, oder was in einer Ausländergruppe dafür gehalten wird.

»Nanu, ihr drei Absoluten«, reden jene weiter, immer noch mit der vereinten Stimme, »wir werden euch drei einer Prüfung unterziehen und feststellen, ob jeder von euch die reine Wahrheit gesprochen hat.«

»Ja, bitte, Ihr drei Erleuchteten«, entgegnen wir, weiterhin in gemeinsamer Stimme, »wir werden uns eurem Willen fügen.«

Mit einem Mal sehe ich um den Brunnen eine Moschee, eine Kirche und eine Jurte entstehen, in einem Dreieck zueinander. Da hören wir: »Gehe, wer wohin gehört!« Und wir gehen. Obwohl ich auf das Eigene zugehe, sehe ich gleichzeitig auch, was in den anderen ist. In der Moschee tummelt eine elsterbunte Horde von Frauen, alle in Masken, Schleiern und Umhängen, doch erkenne ich dahinter da und dort die Nacktheit; in der Kirche sind lauter gelehrte Männer – dass sie solche sind, erkenne ich sofort, aber wer sie sind, vermag ich nicht zu sagen, dies wohl, weil sie alle tot sind, denn es sind Skelette, verblichene Schädel, und einige von ihnen sind so sehr tot, dass ich nicht einmal einen Schädelrest sehen kann, doch weiß ich irgendwie, dass dort welche sind, und zwar von durch und durch gelehrten Männern. Nur meine beiden Kommilitonen und Rivalen vermag ich nicht zu sehen und weiß daher nicht, wie es ihnen ergehen mag.

In der Jurte sitzen zwölf Tuwa-Männer, alles Pferdehirten. Ich erkenne sie alle beim Namen, denn der Erste ist mein Vater, der Zweite mein Onkel, der Dritte mein älterer Bruder usw. und der Allerletzte, der Zwölfte also, ist der Ehemann der jüngsten Schwester des mittleren Schwagers der Ältesten meiner drei Tanten väterlicherseits oder schlicht gesagt, ein mit mir Verschwägerter, also auch einer aus der Großverwandtschaft. Alle bleiben in regloser Haltung. Selbst mein Vater scheint mich nicht wiederzuerkennen, doch die vierundzwanzig schmalen, gräulich braunen

Augen blicken so unverwandt auf mich, dass ich die Blicke wie feine Ahlestiche auf der Haut spüre. Dann höre ich die Stimme meines Vaters. Seine Lippen bleiben still, was spricht, ist sein Blick. Ich höre also: »Dem Pferd fehlt, wie dem Vogel auch, die Galle – warum?« Ich weiß es nicht. Und aus Angst, man würde mir meine Unwissenheit anmerken, beiße ich mir fest auf die Zunge. Doch da entfährt mir ein Mal nach dem anderen ein lautes »Ichweißesnicht!«. Ich höre, es hört erst auf, als ich die Augen schließe. Also weiß ich, auch bei mir ist es der Blick, der spricht. So muss ich die Augen geschlossen halten. Aber wie lange noch? Irgendwann muss ich sie wieder öffnen. Und da höre ich schon die nächste Frage an mich gestellt, von der ich schon vorweg weiß, ich kann sie nicht beantworten. Und ich höre mich schon wieder schreien: »Ichweißesnicht-ichweißesnicht-ichweißesnicht!« Ich muss die Augen schließen, und jetzt höre ich meine eigene lästige Stimme auch nicht mehr. Aber ich kann die Augen nicht die ganze Zeit zuhalten, und so muss ich sie irgendwann wieder aufmachen. Und schon wieder das lästige »Ichweißesnicht-ichweißesnicht ...«.

Und dann passiert, dass mir die Augenlider stehen bleiben, und so muss ich in einem fort schreien: »Ichweißesnicht-ichweißesnicht-ichweißesnicht ...« Schließlich fällt mir ein, dass ich davonrennen müsste, und ich tu es auch, doch immer noch schreiend: »Ichweißesnicht-ichweißesnicht-ichweißesnicht ...«

Da erblicke ich die beiden, nun vielleicht doch wirklich verrückt, denn sie kommen von zwei Seiten herbeigestürzt, ebenso wie ich außer Atem kreischend: »Ichweißesnicht-ichweißesnicht-ichweißesnicht ...« So stehen wir, die drei

Verrückten und Absoluten, wieder Ohr an Ohr und schreien und kreischen einstimmig den verdammten Satz so lange, bis daraus erst ein Quieken, dann ein Piepsen und schließlich ein schwaches Röcheln wird.

Irgendwann erkenne ich den Neptunbrunnen wieder, darüber die drei Erleuchteten und auch die Putte, die gemächlich herbeischwebt und dabei immer größer und größer wird. Da sehe ich, jetzt hat sie ein anderes Gesicht, ein fremdes, aber ich vermag es auch zu erkennen – das des Sokrates, jenes Mannes, den erst eine Frau namens Xanthippe und 2300 Jahre später ein Mann namens Bert Brecht so übel zugerichtet haben, dass er seitdem in einem mehr Mitleid als Ehrfurcht erweckt. Dieser Sokrates nun bleibt über den Scheiteln der drei Erleuchteten stehen, und da wird es mit einem Mal so still, dass ich die Schläge unserer drei Herzen wie die Schläge dreier Trommeln höre. Die drei Erleuchteten sprechen mit ihrer einzigen Stimme, die jetzt aber bedrohlich laut dröhnt: »Habt ihr denn die reine Wahrheit gesprochen? Wisst ihr wirklich alles, wie ihr behauptet habt?!«

Wir drei, leise und einstimmig: »Nein, Ihr drei Erleuchteten. Wir haben gelogen. Wir wissen nichts.«

Die drei Erleuchteten scheinen sich in der Luft aufzulösen. Nur Sokrates ist geblieben. Aber er ist jetzt so groß geworden, dass er mit seinem vollen, breiten Leib alles zudeckt: den Brunnen, den Platz, die Stadt, den Himmel. Und er spricht: »Jetzt werde ich euch geben, was euch bis ans Lebensende als Gebet dienen wird, verstanden, ihr drei Blöden?«

Wir: »Wir verstehen, bitte!«

Er, so laut, dass die Erde unter uns und der Himmel über uns davon erbebt und erzittert: »Ich weiß, dass ich nichts weiß!« Wir drei sprechen es ihm nach, willenlose Mäuler: »Ichweißdassichnichtsweiß-ichweißdassichnichtsweiß-ichweißdassichnichtsweiß …«

Wir können damit nicht aufhören, wie Gebetsmühlen, die, von geübten Fingern einmal in Bewegung gesetzt, sich von selber weiterdrehen. Es dauert so lange, dass mir der Mund trocken und trockener wird und die Zunge bald zu rauchen und zu flammen scheint wie ein Saxaul in der Wüste Gobi an manchem Sommertag.

Aber leiser wird deswegen unsere Stimme nicht, im Gegenteil, sie dröhnt immer lauter und am Ende so allmächtig laut, dass sie nicht nur von uns dreien kommen kann. Ja, da sehe ich, höre ich tatsächlich, dass die Tauben, die kopfnickend daherwatscheln, die Beleuchtungsmaste in Reihen und die Straßenbahnen, die aneinander vorbeifahren, alles und alle im Chor denselben einen Satz endlos weiter und weiter rufen. Ich glaube zu wissen, was geschehen ist: Wir sind verdammt, mit der ganzen Stadt, der ganzen Welt. Grauen erfasst mich. Ich fange an zu weinen. Da packt mich Sokrates und rüttelt. Aber es ist nicht Sokrates aus dem untergegangenen Griechenreich. Es ist Aziz aus dem heutigen Jordanien, mein Zimmergenosse. »Galsan, Mensch!«, brummt er. »Du hast geheult wie mein Großvater immer, wenn ihm eine seiner Frauen gestorben war.«

Ich habe keine Kraft mehr, nach Aziz' Großvater und dessen Frauen zu forschen. Wozu ich fähig bin, ist einzig Erleichterung: Ich bin endlich, endlich wieder wach, dem Himmel-Gott-Allah und Aziz sei Dank …

Topinambur

Strittmatter spricht von »Topinambur«. Ich verstehe das Wort nicht, lasse es ihn jedoch nicht merken, denn es scheint mir unmöglich, mich dem großen Mann, dessen Freundschaft ich so wenig verdiene, gleich bei unserer ersten Zusammenkunft so dumm zu zeigen – vielleicht wäre er ja über meine Unwissenheit enttäuscht!

Dann kommt das Wort ein zweites Mal, und es ist schlimm, denn es kommt jetzt in einem Fragesatz vor. Doch ich habe Glück: Die Stute Salka unter meinem Sattel scheut und springt zur Seite. Ich darf, anstatt womöglich selber herunterzufallen, wenigstens die Frage fallen lassen und dem gelten und darum so unberechenbaren Pferdeweib dafür dankbar sein; nur kann ich mir die Möglichkeit, dass das verflixte Wort schon bald wieder auftaucht, nicht ganz aus dem Kopf schlagen. Ja, ich kann unmöglich damit rechnen, dass die Salka noch einmal so gut sein würde, zur Seite zu springen oder meinetwegen mich auf den mecklenburgischen Sand abzuwerfen oder gar mich von der lästigen Frage wegzuschleifen. Also muss ich etwas dagegen tun, und ich tue es auch: Ich beschließe, das Gesprächsthema zu wechseln, erzähle vom Meer, an dem ich gerade war, von einem Unfall, den ich unterwegs gesehen habe, und von weiteren Dingen, die mir irgendwie in den Sinn kommen.

Allein Strittmatter scheint ein so rettungsloser Pferdenarr, was er selber auch hin und wieder gesteht, nichts kann ihn von den Pferden abbringen, er bleibt hartnäckig dabei. Dann will er mir sogar noch seine Ponys zeigen, die irgendwo im Wald untergebracht sind. Ich muss ihm folgen, und ich tue es auch, nur bin ich dabei wie einer, den der Schuh oder sonst etwas drückt.

Als wir nach etwa einer Stunde Ritt endlich dort sind, drückt er mir einen Strick in die Hand, mit dem ich ein Fohlen fangen soll. Der ist jedoch zu kurz. Strittmatter will wissen, wie lang ein richtiges Lasso sein muss.

»Zwölf Klafter«, sage ich.

»Klafter – was ist das?«, höre ich ihn fragen.

Ich stocke. Nicht Schadenfreude, nichts dergleichen – es ist mir einfach seltsam. Dann spanne ich die Arme aus, um zu zeigen, was ein Klafter ist.

»Wieder was dazugelernt!«, ruft er aus, und er tut es mit einer solchen Inbrunst, dass einer, der nicht hören, dafür aber sehen kann, dem strahlenden Gesicht abgelesen hätte: Diesem Mann da ist soeben ein kleines Wunder widerfahren!

Auf dem Heimritt betrachte ich meinen Weggefährten verstohlen mit einem Seitenblick. Dabei entdecke ich in dem Mann, der mir Vater hätte sein können, etwas sehr Kindliches, was ihm so wunderbar steht, dass ich es auch nicht für verwunderlich gehalten hätte, wenn er plötzlich vom Sattel heruntergesprungen und davongehüpft wäre, jauchzend und mit den Armen wedelnd, nur weil er jetzt weiß, was ein »Klafter« ist. Da wird es mir unerträglich, dass ich diesem Mann zur Seite reite und leide, weil ich nicht weiß, was »Topinambur« ist. Also frage ich. Und als ich es dann endlich weiß, wundere ich mich sehr darüber, wieso ich seiner Erzählung die ganze Zeit habe folgen können, ohne das Wort gekannt zu haben.

Und als ich dann eine Woche später von Strittmatters wegfahre, wundere ich mich noch mehr darüber, woher ich denn die Frechheit genommen habe, dorthin zu kommen, wo ich nicht einmal den Mut habe zu gestehen, dass auch ich etwas nicht weiß.

Der Anfänger

Um ein Gedicht ringe ich. Tage vergehen, ohne dass ich es zu Ende bringen kann. Zu einer schwachen Stunde will ich es aufgeben und gehe vom Tisch weg. Der Lehrmeister schaut sich das Gekritzel an, legt mir die Hand auf die Schulter und sagt: »Ein toller Einfall!«

Mag sein, dass der Einfall gut ist, aber man sieht doch, dass ich dem nicht gewachsen bin! Dennoch muss was daran sein, wenn *er* das sagt. Ich überlege und begreife zumindest so viel: Woher kommt der Einfall? Er kommt von mir! Der Außenstehende weiß es und glaubt an den Dichter in mir. Schwach, ja, verbrecherisch vor dem Lehrmeister und vor mir selbst, kommt der Gedanke, den Kampf aufzugeben. Von Neuem entschließe ich mich, um das Gedicht weiterzuringen.

Vor mir sehe ich eine Mutter mit ihrem kleinen Kind. Sie stellt es vor sich hin, tritt einen halben Schritt zurück und streckt ihm die Arme entgegen. Das Kind steht und stutzt. Die Mutter lockt. Da tappt es unbeholfen auf sie zu und stürzt sich lärmend in ihre Arme. Sie fängt es auf, hebt es hoch und drückt es an sich: »Toll! Bist ja schon ein tüchtiger Renner!« Das Kind zappelt mit den Beinchen. Es will wieder herunter, will es von Neuem versuchen.

Ich schaue mit einem neuen Blick auf die Welt, verstehe den Lauf der Dinge und ringe erst recht um das angefangene Werk.

Der Zufall

Ich soll vorführen, wie man mit dem Lasso Pferde fängt, und dabei werde ich von einem Dutzend neugieriger Augen verfolgt. Als ich den Strick in die Hände nehme, fühle ich in den Gelenken lähmende Unsicherheit, ja, ich sehe mich glattweg vor die Unmöglichkeit gestellt, denn erstens ist der Strick zu kurz und zu leicht, dann handelt es sich hier um ein winziges, schlüpfriges Fohlen, dem meine Lassokunst gelten solle, und schließlich befinden sich unter dem Dutzend beobachtender Augen die zwei eines Erwin Strittmatter.

Die Ponyherde wird auf mich zugetrieben, und mein Lasso fliegt, begleitet von einer ganzen Tracht Gebete, nach dem Fohlen. Bevor ich den Arm schwinge und den Strick auswerfe, versäume ich aber nicht, mein Vorhaben in alle Himmelsrichtungen hin gut hörbar als »Probe« auszugeben. Womit ich Freiraum für einen kleinen Beschiss haben will im Falle eines Verfehlens. Nun aber fällt der Wurf, gegen jedes Erwarten meinerseits zumindest, das gebe ich gerne zu, wirklich gut aus, und das liebe, klitschige Wesen sitzt darin!

Die Herde ist überrascht und das Publikum begeistert. Dankbar sehe ich auf das Opfer, das am anderen Ende des Stricks zappelt, und dabei höre ich mein Herz hämmern: Gerettet – hopf-hopf-hopf! Ilja, der älteste der vier Strittmatter-Söhne, kommt mir zu Hilfe gestürzt und will schnell wissen, ob ich das Lassowerfen ihm beibringen könnte. Natürlich bekommt er auf der Stelle ein großzügiges Versprechen. So sicher ich mich dabei auch gebärde, spüre ich doch ein heftiges Zittern in mir, das sich später immer wieder meldet, so oft mir jener Wurf meines Lebens einfällt, der nicht aufhört, mir schicksalhaft zu erscheinen. Dabei wird mir jedes Mal ein wenig schlecht: Denn es hätte ja auch so leicht schiefgehen können!

Doch manchmal kommt mir dieses nachträgliche In-Zweifel-ziehen-Wollen eines Glücksfalles fehl am Platz, stillfurzig und hasenherzig vor: Nicht im Geringsten ist es doch erlogen, wenn ich von mir behaupte, mit dem Pferd zwischen den Schenkeln und dem Lassostrick um die Schulter aufgewachsen zu sein, und so wäre eher das Gegenteil, wenn also der Wurf daneben geflogen wäre, seltsam gewesen! So gesehen, habe ich an dem Treffer, den ich an jenem sonnigen Nachmittag inmitten eines verregneten Herbstes erzielen durfte, vorgearbeitet, und es war ein verdienter Erfolg.

Vielleicht war es tatsächlich kein Zufall, dass ich das Fohlen mit dem ersten Wurf fing. Und wer will mir beweisen, dass auch die Begegnung zwischen dem Kind eines Steppennomaden und dem drei Jahrzehnte vor ihm auf die Welt gekommenen Sprösslings eines deutschen Bäckers und Kleinbauern auch ein Zufall war? Ich für meinen Teil weiß: Zufall ist das, was einem zufällt.

An mein Fahrrad

Du Haufen Blech, Gummi und Glas, du Ross einer neuen Zeit, hör mir zu:

Bald hast du mich gefahren, bald habe ich dich geschoben, wir haben abwechselnd einander getragen, wir haben Weiten erzwungen, wir haben Höhen erklettert, haben den Tag kommen, das Jahr gehen sehen.

Bald hast du gesurrt, bald habe ich gesungen, wir waren leicht und leichtsinnig. Bald hast du gequiekt, bald habe ich gestöhnt, wir waren auch schwer und schwermütig.

Wir waren König und Thron, wir waren Reiter und Ross. Wir waren Mutter und Kind, wir waren Freund und Freund. Der Regen war für uns beide nass, die Sonne war für uns beide heiß.

Wir haben überholt, wir wurden überholt. Wir wurden beneidet, wir haben beneidet.

Wir waren, und wir sind. Aber ich ahne, wir werden uns trennen müssen. Und weißt du, wann unser Abschied und warum unser Abschied?

Werde ich zu den Gehenden zurückkehren, oder werde ich zu den Fahrenden vorstoßen?

Und was wird mit dir geschehen – werde ich dich ablegen, oder wirst du mir abgenommen?

Auf der großen blauen Asphaltstraße

Die große blaue Asphaltstraße liegt für alle da. Sie ist vor allem das Zuhause der Autos. Sie befahren sie, stehen darauf. Es gibt ihrer so unterschiedlich viele wie Steine an den Bergen, Gräser in der Steppe und Menschen hinter den Wänden. Es gibt Junge, vor Mut und Wut Schäumende, vor Kraft und Saft Strotzende. Es gibt Gestandene, still vor sich hin Rollende, die nichts beweisen müssen. Es gibt Geschwächte, noch Geduldete, die es aber nicht mehr lange sein werden.

Dann gibt es noch Schwächere: Motorräder, Mopeds, Fahrräder. Aber es gibt auch noch die Fußgänger, und sie bespicken, ameisenklein und -flink, die Ränder der großen blauen Asphaltstraße.

Auf der großen blauen Asphaltstraße herrscht reger Verkehr, der ein erbitterter Kampf ist. Auto geht Auto an, holt ein und überholt, wird aber selber auch überholt. Dasselbe geschieht mit den Motorrädern, Mopeds und Fahrrädern. Die Motorräder überholen die Mopeds, die Mopeds die Fahrräder und alle – Autos, Motorräder, Mopeds und Fahrräder – überholen die Fußgänger. Und die Fußgänger tun es untereinander und gegeneinander genauso unerbittlich wie die anderen Bevölkerer der großen blauen Asphaltstraße.

Es ist nicht immer der Schnellere, der auf der großen blauen Asphaltstraße überholt. Es gibt Pannen. Es kommt vor, dass selbst das Schnellste, ein Autojüngling, von dem Langsamsten, einem Fußgänger, überholt wird. Ein herausgefallener Nagel, jenes Ungeziefer der neuen Zeit, kann die Ursache für diese zeitweilige Verletzung der ehernen Ordnung der Dinge sein.

Es gibt Unfälle. Viele Wünsche, Beine, Arme, den Mut zum Überholen, vieles gibt es danach nicht mehr, es gibt Tote, Krüppel, Entmutigte. Eine fehlende Schraube oder ein überflüssiger Gedanke kann die Ursache gewesen sein.

Es gibt den Zufall, der dem, der es verdient, zufällt.

Auf der großen blauen Asphaltstraße fahren Erfolg und Niederlage, Leben und Tod um die Wette. Kreißende werden an Leichenzügen vorbei zum Entbindungsheim, zur Startlinie des großen Rennens, gefahren, und es kommt vor, dass einer um eine Weile vorzeitig das Weltlicht erblickt und sein beängstigtes Geschrei, einem Jauchzen gleich, sich in die Trauerklage des Lebens hineinmischt.

Auf der großen blauen Asphaltstraße gibt es Kommende und Gehende.

Auf der Heimreise

Ich singe. Ich tue es wieder, wie ich es von früher gewohnt bin, singe von der schlanken, weißen Birke, die sommers wie winters auf einen wartet, und von der Liebe, die das Herz erwärmt und mit der Birke in einer untrenn- und unnennbaren Verbindung lebt.

Ich singe mit russischen Mädchen in Filzstiefeln und Wattehosen. Unten liegt Schnee, ringsum steht ein Lärchen- und Birkenwald, und hoch oben glänzt und wellt ein wasserblauer Himmel.

Von irgendwo ertönen Glockenschläge. Eines der Mädchen stimmt das Lied von jenen berühmten silbernen Glockenklängen an, die anderen fallen ein, es wird ein großer Gesang.

Eine Pferdefuhre nähert sich von hinten her. Es ist ein mit Heu beladener Schlitten. Am Hals des Pferdes baumelt und bimmelt eine Glocke, und aus dem Heu blickt ein kleines, altes Männchen hervor. Es hält die Zügel straff, hat ein wie aufgesetztes, strenges Gesicht und ruft laut: »He, ihr Schönen, macht gefälligst die Bahn frei!« Die Stimme erklingt sonderbar forsch, enthält unterdrückte Güte und die kleine verzeihliche Eitelkeit bejahrter Männer, jugendlich unerschrocken zu erscheinen.

Die Mädchen haben feines Gehör, sie spielen die Gekränkten und rufen zurück: »Wir singen ein Lied für dich, und du willst uns vom Weg verjagen, Mann?«

Schnell kommt eine beschämte Antwort: »Schon gut, ihr Täubchen. Singt nur weiter, lernt aber Späße verstehen!« Wir singen das Lied zu Ende. Der Schlitten hat uns nicht überholt. Die Zügel in seinen Händen sind nicht mehr so straff angezogen. Das Pferd schreitet gemächlich, der Kopf ein wenig hängend, wie bei dem Fuhrmann auch.

»Wir haben für dich das schönste aller Lieder gesungen, nun musst du uns bei dir übernachten lassen, Mann!«, ertönt es aus der Mädchenschar.

Die Antwort kommt schnell, die Stimme immer noch so forsch wie vorhin: »Was denn, wenn meine Braut eifersüchtig wird?«

»Deine Alte soll uns lieber sagen, wie wir unseren Prinzen zurückhalten könnten, da er uns verlassen will, Mann!«

»Oho, einen Prinzen habt ihr auch noch mit? Wo kommt ihr denn her, und wohin drängt es euch und euern Prinzen?«

»Jawohl, wir haben einen Prinzen mit, der uns über viele Berge und Flüsse begleitet hat und nun hinter viele Berge und Flüsse entschwinden will. Und wir selber sind aus der Stadt Bijsk, sind dort Lehrlinge und wollen in euerm Dnejka Tiere pflegen lernen.«

»Wie aber kommt es, dass ihr aus der Stadt Bijsk und euer Prinz noch weiter her zu unserem Dnejka zu Fuß kommt?«

»Das kommt daher, dass zu euch kein Flugzeug fliegt, keine Eisenbahn führt, und unser Fahrer gedacht hat, Milizionäre gäb es hierzulande ebenso keine. Unser Gepäck und unser Ältester warten darauf, dass der Fahrer seinen

Rausch ausschläft, wir aber wollten nicht so lange warten und machten uns schon zu Fuß auf zu euerm Dnejka.«

»Dann seid ihr herzlich willkommen in unserm Dnejka! Da ihr alle keinen Platz findet auf dem Heu, muss ich allein vorauseilen und das Dörfchen zum Empfang von Gästen herrichten, hott und hü!«

Die Mädchen lassen die Pferdefuhre endlich vorbei und stimmen sogleich ein Lied von der wegeilenden Troika an. Später singen sie auch von Frostwind und Schneestaub, von Ankunft und Abschied, von dem Prinzen, der auf Suche nach Glück in der Ferne umherirrte. Ich singe mit, obwohl ich eine Hälfte der Lieder zum ersten Mal höre, bin leichtsinnig und gleichzeitig von einer leichten Trauer erfasst wie ein echter Prinz.

Mit dem Sonnenuntergang kommen wir an. Aus dem Dutzend winziger Schornsteine über den Holzhütten raucht es wie um eine Wette. Eine bunte Schar von Hunden und Kindern stürzt sich uns lärmend entgegen. Menschen treten aus den Hütten, stehen wartend. Kühe muhen. Glocken scheppern.

Die Kinder haben uns an den Händen genommen, und wir wissen längst, wie sie alle heißen und was sie alles können, als wir vor die Wartenden treten. Unter ihnen erkennen wir unseren Freund wieder, zu seiner Seite steht eine große, füllige, gar nicht so alte Frau mit rot leuchtenden Wangen. Sie wirft die Arme auseinander und lacht aus vollem Halse: »Ja, ich sehe schon, ich werde vor Eifersucht platzen!« Es riecht nach frischem Brot, Birkenholz und Stall.

Ich denke an das Zuhause, das ich vor einer Ewigkeit verlassen habe und zu dem ich nun eile. Ich denke an das

Märchen meines Lebens und empfinde brennendes Bedürfnis, den Umstehenden in die Arme zu fallen und einer dieser russischen Mütter in die glühende, rau-zarte Handfläche mein Gesicht zu drücken. Ich denke an das Märchen der Menschheit, an ihre kleinen, stillen wie auch großen, lauten Werke, denke daran, wie sehr die Menschen, weit entfernt voneinander, im Wesentlichen einander doch gleichen.

Ich denke an das deutsche Mädchen Ursula, die immer auf Unterschiede aus war und ergeben ein Teilchen jener Welt darstellte, die sich meiner Welt um Jahrhunderte voraus wähnt, aber die Sonne, den Mond und die Millionen Sterne tagtäglich nur mit der ewigen Sechs-Stunden-Verspätung erleben darf. Denke an ihre graue und müde Stadt Doberlug-Kirchhain, an ihr stilles, überladenes Haus an der Elster und an ihre merkwürdige Bereitschaft, den Geschäften eines geordneten Lebens mit zahmer Emsigkeit nachzugehen. Denke an etwas, was nicht geschehen war, aber gut hätte geschehen können.

Es ist ein schöner, ein prallvoller Abend. Dem schließt sich eine seltsame Nacht an. Keiner schläft richtig. Es ist einfach zu schade zum Schlafen. Mich beglückt und plagt das Bedürfnis, mein Herz einem der russischen Mädchen in Filzstiefeln und Wattehosen in die Hand zu drücken. Aber ich weiß, dass ich es nicht tun darf, da ich am Morgen weitermuss und da ich in einem Herzen, das früh oder spät einem gehören würde, kein zukunftsloses Feuer anzünden will.

Begegnungen und Abschiede

I

In jenem Sommer ist der Sommer im obersächsischen Elbsandsteingebirge nass und kühl. Am dreizehnten Juli bricht ein schweres Gewitter über Stein und Stock herein, das dann in einen Sprühregen übergeht und eine ganze Woche andauert. Dazu kommt noch einiges, was einem die seichte, aufgetragene Schönheit der kleinen, triefnassen Berginsel nichtig macht. Da ist zunächst die altväterliche Genauigkeit mit den vielen Verbots- und Gebotsschildern, die einen auf Schritt und Tritt verfolgen. Man wird schnell müde davon. Dann ist der Krach, den das sich jung und lustig gebärdende, in Wahrheit aber todtraurige, da altkluge, Kofferradio- und Niethosenvolk aus den Herbergen ringsum stiftet. Das Schlimmste ist, dass Verena es mir gegenüber zu verteidigen sucht und so weit geht zu behaupten, das habe mit Kultur zu tun. Ich finde sie dumm, ihre Haltung verbrecherisch nicht nur mir, sondern auch ihrer eigenen Vergangenheit gegenüber. Wir streiten uns. Das ist elf Tage nach unserer Ankunft in Bad Schandau. Wir haben vorgehabt, noch drei Tage dazubleiben und dann an die See zu fahren.

Ich sage: »Ich fahre nach Hause!«

Sie sagt: »Bitte!«

In der gleichen Nacht fahre ich nach Berlin. Die nächste Nacht fahre ich durch Polen, die übernächste durch Weißrussland, und da bin ich endlich beruhigt.

2

Ich fahre sieben Tage und sieben Nächte und steige am vorletzten Tag des Monats aus dem Zug mitten in den Trubel Wiedersehen Feiernder. Ich gehe zu der Behörde, die mich zum Studium geschickt hat, ich tue es, weil ich für die Weiterreise Geld brauche, denn noch eine ganze Sonnenstunde Entfernung liegt zwischen mir und den Meinen. Statt des Geldes bekomme ich eine ausgeschriebene Fahrkarte, gefahren wird mit dem Lastauto, und die Fahrt soll etwa eine weitere Woche dauern. Da ich bis zum nächsten Morgen Zeit habe, gehe ich einer Anschrift nach, die mir ein Mitstudent zugesteckt hat.

Und da treffe ich auf liebe Menschen. Es ist auch ein Mädchen dabei, das einen straffen, schlanken Körper und ein junges, lichtes Gesicht hat. Ich habe Hemmung vor ihr, denke an Verena, der ich vielleicht schreiben müsste, und dies schon wegen ihrer Eltern, die mich nie einen »Mongolen« genannt haben. Ich gehe zur Post, stehe lange über dem Schreibpult, starre angestrengt auf das leere Blatt Papier; ich merke, in mir regt sich nichts mehr, wenn ich an die Welt denke, die nun einmal hinter mir liegt. Da schreibe ich ein, zwei Sätze von der Fahrt und eine ganze Seite von dem Mädchen. Ich schreibe, sie sei achtzehn, heiße Süüriimaa und habe ein sonniges Wesen. Und schließlich schreibe ich auch noch, dass schon das Dasein dieses mir noch so gut wie unbekannten Geschöpfes meine Rückkehr in dieses Land berechtigt.

Dann gehe ich zurück, doch getraue ich mich nicht zu den Leuten, die mich wie einen heimkehrenden Sohn aufgenommen haben. Also gehe ich weiter, gehe immer schneller wie einer, der nach etwas sucht. Ich sehe sehr viele Gesichter, die ich gleich wieder aus dem Blick verliere; sie gleichen Lichtern, die mich beleuchten, blenden, aber darauf wieder ausgehen. Unter all den Gesichtern gibt es jedoch kein einziges bekanntes, dessen Licht brennend bleibt und mich erhellt und beruhigt. Es wird Nacht. Nachts wird die Stadt anders, kommt zur Ruhe; eine andere Luft senkt sich darüber, ein anderer Geruch geht von ihr aus, sie riecht nun nach Wind, Weite und wachsendem Gras. Aber der Asphalt bleibt lange warm und klingt nun noch eiserner.

Dann kehre ich doch zurück zu der netten Familie, ich muss es wegen des Koffers, den ich dort gelassen habe. Licht brennt im Hof, Tor und Tür sind auf, das Mädchen sitzt über einem halb fertigen Kleid, steht sogleich auf, setzt mir ein Essen vor, das in einem dick verpackten Topf warmgehalten wurde. Während ich esse, richtet sie das Bett auf der linken Jurtenseite her, in dem wohl sonst sie selber schläft. Am Morgen werde ich von dem Mädchen geweckt. Sie sieht mich mit großen, dunklen Augen an und sagt im Halbgeflüster: »Es ist sechs Uhr.« Der Bettvorhang der Eltern hängt immer noch zugezogen. Tee und Essen stehen bereits auf dem Herd. Während ich esse, räumt sie das Bett auf, in dem ich geschlafen habe.

Dann gibt sie mir ein Bündel und sagt: »Für unterwegs.«

Ich will es nicht nehmen. »Dann trage ich es bis zum Auto«, sagt sie.

Da nehme ich es und sage: »Ich werde meinen Eltern von euch erzählen.« Später frage ich sie, ob sie eine Postanschrift habe.

Sie schlägt die Augen nieder und sagt kaum hörbar: »Wozu?« Da stehen wir schon draußen.

3

Der Fahrer ist ein junger, hitziger Mensch. Er schimpft mit mir, als er sieht, wie ich für die Reise hergerichtet bin: ohne Mütze und Regenmantel, mit flachen Halbschuhen und einem nackten Koffer aus gesteiftem Papier. Dann holt er mich herunter zu sich, in das Fahrerhäuschen. Wenig später, nachdem die Polizeikontrolle am zweiundzwanzigsten Kilometer hinter uns bleibt, wendet er sich mir zu: »Wir haben nun eine Woche Weg vor uns, Tausende Berge, Hunderte Flüsse und Dutzende Möglichkeiten. Das kann gut für eine Zuneigung, ebenso aber auch für eine Abneigung ausreichen. Mach dir nichts daraus, dass ich dir zuerst den Kopf waschen musste. Heiße Samdan und bin siebenundzwanzig!« Dieser Mensch nun hat zuerst ein Hochschulstudium angefangen, es aber sehr bald hingeschmissen, ist darauf Schauspieler, Flößer, Kohlenkumpel und zuletzt Gehilfe eines Erdvermessers gewesen. Er singt, schreibt Verse und hat Frauen gern.

»Wie sind dort die Frauen?«, fragt er.

»Und wie sind die hiesigen?«, frage ich zurück.

Samdan überlegt eine Weile, eh er sagt: »Ach, wenn ich das nur wüsste!«

»Wie sollte ich es dann von den fremdländischen Frauen wissen!«, sage ich darauf bestimmt.

Samdan sitzt still, scheint geschlagen, macht den Mund erst nach einer halben Steppe wieder auf: »Was sagt eine, wenn sie vom Bett aufsteht?«

»Denk bitte nicht schlecht von mir!«

Samdan blickt gedankenverloren auf den Weg, steuert wie automatisch und fegt mit achtzig über die huckligen Rippen der Steppe. Ich will die Ränder der endlosen Ebene mit dem Blick erfassen, mir schmerzen und tränen die Augen. Ich denke abwechselnd an Verena und das Mädchen in der Jurte.

Der Himmel wird grünlich, das kommt von der Hitze. Erst nach Stunden erreichen wir einen Brunnen, löschen unseren Durst und Hunger, begießen uns mit Wasser, kriechen unters Auto und schlafen ein. Als wir erwachen, steht die Sonne im Westen, Wind weht. Die Erde glüht nicht mehr. Wir fahren die ganze Nacht. Die Nacht in der Steppe ist groß und beinah hell. Der Himmel hat so viele Sterne, dass einem schwindelt, wenn man aufsieht.

Am Morgen erreichen wir eine Raststätte. Samdan sagt: »Wenn wir dieses Tempo weiter beibehalten, brauchen wir keine volle Woche zu fahren. Da musst du dich beeilen und darfst nicht so knauserig sein mit dem, was du an Merk- und Mitteilwürdigem von drüben weißt!«

Ich aber habe nicht viel zu erzählen. Wenn ich dies und jenes doch preisgeben will, kommt mir vor, als lausche mir Verena zu. Und kommt sie mir so in den Sinn, muss ich darauf an das Mädchen in der Jurte auch noch denken. Da will ich lieber schweigen, dabei den Blick auf den Nachthimmel mit den unzähligen Sternen richten und in mich hineinlauschen.

In der Bezirksstadt bedauert es Samdan, dass er mich nicht vor der Vatersjurte absetzen kann. »Aber es sind ja von den ganzen zehntausend nur die letzten hundert Kilometer!«, tröstet er mich. Dann stößt er mich vor die Schulter: »Übrigens möchte ich auch einmal dieses wundersame Deutschland erleben, du!« Es ist der Abend des fünften Tages.

4

Die Autoinspektion ist eher eine Hütte als ein Haus und liegt weit draußen am Stadtrand. Es ist darinnen dunkel und menschenleer bis auf die Schalterecke. Dort brennt eine nackte, verstaubte und verdreckte Glühbirne. Hinter einem ebenso nackten, zerkratzten und verschmierten Tisch sitzt ein Mann, genannt Dispatcher, über zwei dicke Hefte gebeugt, in die er die Daten eines jeden Fahrers einträgt, der den Raum betritt. Denn jedes Auto, welches das Stadtgebiet passiert, gleich, ob es ankommt oder wegfährt, hat sich hier anzumelden. Neben dem Schalter, drei Schritt vom Tisch, steht eine lange, schmale Bank für Wartende.

An die Wände sind in schiefen Buchstaben Namen und Sprüche eingeritzt, hässliche Spuren der Langeweile, die einen hier anfallen muss. Mein Versuch, mit dem Dispatcher ein Gespräch anzufangen, schlägt fehl. Es ist ein großer, träger Mensch, gähnt hemmungslos und fällt bald ins

Schnarchen. Aber er erwacht immer rechtzeitig, wenn ein Auto kommt, die Kabinentür zuschlägt und schließlich die Hüttentür knarrend aufgeht. Erwacht greift er zur Feder, taucht sie in das Tintenfass und schaut dem Hereintretenden mit weit aufgerissenen roten Augen grimmig-wichtig entgegen.

Ich gehe hinaus. Die nächtliche Bezirksstadt gleicht einem Stück Sternenhimmel. Dort habe ich meine Kindheit ausgelebt und zum ersten Mal wegen eines Mädchens gelitten. Dort wohnt es jetzt noch, aber als Frau und Mutter. Und dort wohnen auch andere, die ich gefunden und dann verloren habe. Ich schlendere, das Getöse im Ohr und den Schein im Auge, auf den etwas entfernten Fluss zu und denke an die Elbe, die sich, obzwar breiter und tiefer, nicht so wild gebärdet, wie dieser, der Homdu. Ja, die Elbe ist still und mild, und still und mild sind auch die Nächte über ihr. Die Sirenen hören sich nachts anders an, sie gehören zu sehr schönen Nächten. Verena liegt wartend in einem wunderbar wohnlichen Bett, sie weiß einen sehr glücklich zu machen.

Ich muss heftig rennen, da ein Auto kommt. Aber es fährt woandershin. Ich nehme wieder Platz und starre die nackte Glühbirne, den schnarchenden Dispatcher und die zerschundenen Wände an. Da fühle ich unerträgliche Einsamkeit und wünsche, jemand wäre hier, der mir dabei hülfe, sie zu betäuben und abzutöten. Ich denke an Samdan. Dachte auch an das Jurtenmädchen, denke an die redende Stille in ihren großen, dunklen Augen.

Gegen Morgen wird der Betrieb reger, der Dispatcher kommt kaum mehr zum Schlaf. Um acht Uhr erscheint dann die Ablösung. Das ist ein etwas kleiner, wohl auch warmblütigerer Mensch. Doch auch mit ihm vermag ich kaum zu einem Gespräch zu gelangen, denn dauernd kommen und gehen Fahrer. Die Autos fahren in alle möglichen Himmelsrichtungen, allein in unsere Ecke fährt keines. Ich habe Hunger. Der Mundvorrat, den mir das Jurtenmädchen zugesteckt hat, ist ausgegangen. Aber ich will nicht in die Stadt gehen, um mich da irgendwo zu sättigen – jeden Augenblick kann doch ein Auto kommen, das mich mitnähme.

Gegen Mittag spüre ich den Hunger so, dass mir davon schlecht wird. Was jedoch schnell vergeht, denn bald habe ich kein Gefühl mehr im Magen. Nur Müdigkeit spüre ich dann, und dies so körperhaft wie eine Last, die immer schwerer drückt. Die Muskeln und Knochen schmerzen, und die Augenlider wollen mir zufallen. Der rege Betrieb um mich herum vermag mich nicht mehr munter zu halten.

5

Ich schlage die Augen auf und erschrecke: Der Dispatcher beugt sich über mich. Er hat mich am Kragen gezerrt, nun sagt er: »Ein Auto!« Ich begreife es schnell, greife nach meinem Koffer und renne aus dem Haus. Das Herz im Hals erreiche ich den Menschen, der gerade die Fahrerhäuschentür aufreißt und fluchtartig schnell einsteigt, und ich schreie: »Nehmen Sie mich bitte, bitte mit!« Doch muss ich zu meinem Entsetzen wahrnehmen, dass der Motor anspringt, der Gang eingeschaltet werde und der Kies unter den Rädern knirscht. Und in dem Augenblick erkenne ich, der Fahrer trägt ein Kopftuch, ist wohl eine Frau.

Ich springe auf das Trittbrett: »Bitte, hören Sie! Ich bin seit vierzehn Tagen unterwegs, studiere im Ausland …«

Sie blickt mich feindselig an und faucht: »Verschwinde! Und prahle damit woanders, aber nicht bei mir!«

Ich darf nicht weichen, versuche zu lächeln: »Hundert Kilometer Bergfahrt reicht vielleicht für eine Freundschaft oder zu noch mehr, oder?«

Ich sehe sie bleich werden, sehe und spüre, wie mich ihre Linke am Oberarm packt und von sich wegstößt. Höre dazu: »Manneshülle!«

Ich taumle zurück und schreie entsetzt: »Ein Menschenkind bittet dich, Mädchen!«

»Määd-chen!«, äfft sie mich näselnd nach. »Schmeichler!« Brumm, ruckartig geht das Auto los, macht einen Satz. Ich folge ihm eilends, werfe den Koffer hoch und klettere ihm selber hinterher. Sie gibt sich offensichtlich geschlagen, fährt weiter. Süßes Rachegefühl steigt mir zu Kopfe, und passend zu dem nehme ich wahr, dass der Ladekasten vollgestopft ist mit prallen, angenehm weichen und sauberen Säcken. Zufrieden lasse ich mich darauf fallen und schaue auf. Im beginnenden Herbst kann man sich nie satt sehen am Himmel über der Steppe.

Zwei Stunden lang mag das Auto gefahren sein, da hält es. Flach liegend in der behaglichen Mulde zwischen zwei Säcken beobachte ich die Fahrerin, die aussteigt und auf einen Speckstein von der Größe eines Hammels zugeht, davor stehen bleibt und dann sich die Hände reibt.

Schnell springe ich auf und rufe: »Warte, ich komme!« Sie fährt so zusammen, dass ich sofort begreife, sie hat nicht mit mir gerechnet. Doch was bleibt mir nun übrig, ich springe hinab und gehe auf sie zu. Wovon sie gar nicht begeistert ist, wie ich es ihr ansehe.

»Ich habe dir schon gesagt, was ich von dir halte!«, sagt sie schwer und hasserfüllt.

»Darum will ich dir ja zeigen, dass du dich irrst!«, sage ich friedfertig.

»Ich verspreche dir, du wirst hier bleiben!«

»Und ich dir, das wird eben nicht geschehen!«

So viel Hass liegt in ihrem Blick, dass mir davon unangenehm zumute wird. So suche ich, weiterhin auf Frieden zu bestehen: »Na, komm. Lass mich dir helfen!«

»Du willst mir helfen?«, sagt sie mit gepresster Stimme, jede Silbe schwer wie ein Hammerschlag. Darauf bückt sie sich entschlossen, packt den Stein an zwei Enden, reißt ihn mit einem Ruck hoch und geht in den Stand. Den Kopf zurückgeworfen, die Lippen gepresst und den hammelgroßen, länglich-runden Felsen vor der Brust steht sie zwei, drei Pulsschläge lang. Dann schleudert sie ihn weg. Ich fühle Stolz für sie. Und schaue ihr ins Gesicht. Der Hass oder der Zorn oder das, was sie so sonderbar machte, ist aus ihr gewichen. Nun steht sie mit gesenktem Blick. Nicht schön, auch nicht mehr jung, aber irgendwie auffallend – so finde ich sie. Und ich frage: »Habe ich dich gekränkt?« Sie beißt auf die Lippen. Ich frage sie abermals: »Warum hast du das dir und mir angetan? Mir ist, wir sind uns zum ersten Mal im Leben begegnet!«

Sie rennt zum Auto, ich ihr hinterher. Hätte ich es nicht getan, sie hätte mich inmitten der menschenleeren Ödnis zurückgelassen. Nun bin ich bitter gekränkt. Verdammtes, launisches Weibsstück! denke ich ärgerlich. Wohl eine von allen Hengsten stehen gelassene Stute!

Mit der hereinbrechenden Abenddämmerung erreichen wir den Kreis. Am Ortseingang klopfe ich an die Kabine. Wohl deshalb, weil ich es so derb tue wie einer, der zu allem entschlossen ist, hält sie an. Ich springe, den Koffer in der Hand, ab und gehe ohne ein Wort davon.

Der erste Mensch, der auf mich zukommt, ist eine Base. Endlich bin ich in der eigenen Heimat, zu Hause angekommen.

6

Am ersten August hat die Heuernte begonnen, und ein Teil der Männer ist auch auf die Jagd geritten. Im Ail sind wenige Menschen, und nur Frauen und Kinder. Ich verbringe drei lange Tage zu Hause. Dann reite ich in die Schwarzen Berge, den Jägern hinterher. Aber dort sind sie nicht. Also gehe ich auf Suche, reite weiter über das Espental zu den Außenbergen des Bajan-Rückens. Bei Sonnenuntergang erreiche ich den Blauen Gipfel, und dort übernachte ich.

Eine jener atemberaubend klaren und stillen Sternennächte bricht herein und vertieft sich mit jeder Stunde in ihrer durchscheinenden Klarheit und packenden Stille. Mir kommt es wie ein Wunder vor, dass ich hier liege: in dieses Allmächtige eingepflanzt, eins mit den Sternen und dem Wetterleuchten über allen Horizonten, eins mit den schlafenden Gräsern und Steinen, verloren und doch immer da, auch für alle Gefahren, die hinter dieser großen Stille versteckt auf mich lauern mögen. Aber Angst habe ich keine. Denn griffbereit liegt neben mir mein Gewehr, eine Patrone im Lauf und fünf weitere im Magazin – sechsmal würde ich also jeder Gefahr trotzen und jeden Unfreund verscheuchen können; neben mir steht mein Pferd, der bemähnte Wind und behufte Gefährte. So ruhe ich wohl, ein kleiner Berg.

Doch habe ich keine innerliche Ruhe, kann lange nicht einschlafen und wache später immer wieder auf. Ich denke an Verena mit der samtenen, brennenden Haut und an das Jurtenmädchen mit den Augen, die immer größer und dunkler zu werden schienen, denke an Samdan, der zuerst studiert und darauf das Studium hingeschmissen hat, der singt und dichtet und Frauen über alles liebt.

Ich denke in dieser allgroßen, urstillen Nacht auch an die Fahrerin, die weder schön noch jung ist, die mit mir weder reden noch mir helfen, mich sogar inmitten der menschenleeren Bergsteppe zurücklassen wollte, dennoch aber anhielt, als ich auf die Kabine pochte, beleidigend derb pochte. Jetzt denke ich an sie ruhig, ohne Verbitterung. Mir ist nur, als hätte ich ihr ein Wort nicht gesagt, das hätte gesagt sein sollen.

Am Morgen durchsuche ich die Umgegend, aber auch dort ist niemand. So beschließe ich, zum nächsten Bergrücken zu reiten, denn ich will nicht zurückkehren, ohne die Jäger gefunden zu haben. Der Tag fängt heiß an, sodass die rostig braunen Berge jenseits des breiten gelbgrünen Flusstales sehr bald zu rauchen scheinen. Staub steigt hinter mir zu einer wirbelnden Wolke auf, so langsam ich auch reite. Außer ein paar Kamelen, die schwitzend und mit aufgesperrtem Maul nach dem Wind stehen, ist weit und breit kein Lebewesen zu sehen. Gegen Mittag erreiche ich den Fluss. Vogelschwärme bedecken die Uferwiese, kühl und trocken ist es im Gras, Mücken gibt es keine. Dort lasse ich mich nieder. Starre in den Himmel und liege zwischen Schlaf und Wachsein. So ergeht es auch dem Pferd.

Von einer Seitenschlucht her dröhnt es, und Staub steigt auf. Ich fahre hoch. Auch das Pferd steht erwacht, ist von Unruhe gepackt. Wir brechen auf. Ein hochbeladener Laster kommt, eine brodelnde weiße Staubfahne hinter sich herschleppend. Ich gebe dem Pferd einen Ruck, will die Piste überquert haben, bis jener kommt. Doch er fährt sehr schnell, ist schon dicht herangekommen, während ich die Piste erreiche. Ich kann nicht nur das Auto, sondern auch den Menschen erkennen, der es fährt. Und das ist sie!

Ich reiße einen Arm in die Höhe und rufe. Aber das Auto fährt schon vorbei. Schnell lenke ich das Pferd ihm nach und werfe mich vornüber. Der Wind reißt mir die Mütze vom Kopf, zerrt am Haar, dass es in der Kopfhaut schmerzt. Die Augen brennen, ich schließe sie. Ich vernehme das Mischgeräusch vom Hufgetrommel und Motorgedröhn, es ist wie ein Sog. Dann höre ich lautes Quietschen, schlucke Staub. Ich werfe mich zurück, ziehe am Zügel und sehe auf.

Wir sind auf einen steilen Berghang geraten. Das Vehikel steht staubend, schnaufend und sturzschief. Ich steige ab und gehe, die Führleine in der Hand, auf es zu. Sie sitzt im Fahrerhäuschen, versteift und verschwitzt.

»Guten Tag!«, sage ich feierlich laut.

»Guten Tag!«, erwidert sie leise.

»Weshalb hast du hier angehalten?«

»Weshalb bist du mir hinterhergejagt?«

»Weil ich mich von dir nicht menschlich verabschiedet, dir nicht Auf Wiedersehen gesagt hatte, vielleicht.«

»Warum sollten wir uns wiedersehen?«

»Schön wär es doch, wenn man sich immer wieder sähe. Und ich zumindest find es sehr schön, dass wir uns schon wieder begegnet sind.«

»Ich hasse so feine Worte.«

»Gut dann. Worte lassen wir Worte sein. Es gibt aber Taten. Du hast mich immerhin die letzten hundert der zehntausend Kilometer gefahren und nach Hause gebracht, und dies nach einem ganzen Jahr in der Fremde. Dann habe ich anderthalb Tage einsam verbracht, habe mich nach der Nähe eines Menschen gesehnt, gleich, wer er sei. Da kamst du gefahren. Nicht irgendwer, sondern du. An die ich in der kurzen Zeit schon so oft und in der letzten Nacht sogar recht heftig gedacht habe. Wie an ein Rätsel, das ich unbedingt lösen müsste ... Nun, wie heißt du?«

»Nenn mich einfach die Hässliche.«

Ich setze mich zu ihr. Es ist schwül drinnen, obwohl jetzt beide Türen weit aufgerissen stehen. Ein Schwarm Rostgänse fliegt in Richtung Fluss, es ist eine neunköpfige Familie. Die Fahrerin muss gute Augen haben, ihr Blick verfolgt den Vogelschwarm noch lange, nachdem der meinige ihn längst aus der Sicht verloren hat.

7

Ich streiche ihr eine Haarsträhne zurück, die ihr ins Gesicht hängt. Zwei große Tränen, gleich tauenden Hagelkörnern, fallen auf ihren Schoß. Ich gebe ihr mein Taschentuch. Sie nimmt es und fährt damit sorgfältig über die Augen.

Dann erzählt sie: »Ich war zwanzig, und er war Student. Im Ausland, sagte er. Nur einen Tag waren wir zusammen. Er fand mich schön und gütig. Ich weinte vor freudiger Überraschung, denn ich hörte solches erstmalig im Leben. Er küsste mir die Tränen vom Gesicht und ging. Vorher aber hatte er viel gesagt. Ich sollte auf ihn warten, vier Jahre. Und ich wartete die vier Jahre, hörte auf keinen anderen Mann. Doch von ihm hörte ich auch nichts. Ich wartete weitere drei Jahre, vielleicht wollte ich es nicht unbedingt, aber es ergab sich halt so. Dann sah ich ihn – mit Frau und Kind. Da fand ich mich alt und hässlich. Ich weinte tags, ich weinte nachts. Sah schnell, das Weinen machte mich nur noch älter und hässlicher. Da weinte ich nicht mehr, lernte Auto fahren. Die Männer mieden mich. Ich lief ihnen auch nicht hinterher, zeigte ihnen dafür, was ich konnte, denn ich hatte Kraft. Ich begann die Männer zu hassen, aber dann hasste ich auch die Frauen. Und dies, weil sie das waren, was zu sein mir nicht gegeben schien. Und weil es auch Geschichten und Gerüchte gab, die meinen Körper betrafen. Die aber gar nicht stimmten. Denn ich bin wie jede andere Frau, sehne mich nach jedem weiblichen Glück …«

Lange sitzt sie verstört, bevor sie fortfährt. Und es sind mitunter nur abgehackte Wortfetzen, dazu noch geflüstert, was sie nun aus sich noch herausbringt: »Zufrieden … wär ich … könnt ich … das Glück … nur ko … kosten … und ein Ki … Kind … davon behalten … um zu zeigen … ich bin eine Fr … au … wie andere … doch … weiß … längst … ich werd … es nie sein … da ich … immer …älter … häss … licher … und … bö … böser …«

Dann lehnt sie sich zurück, schließt die Augen und verfällt ins Schweigen. Sie hat sich ausgesprochen. Jetzt sehe ich, die Härte ist aus ihrem Gesicht gewichen. Mit einem Mal kommt sie mir wie lauschend, ihre Haltung wie eine an mich gerichtete Frage vor. Da scheint mir das große Meer der Sprachen, über die ich zu verfügen glaubte, zugedeckt. Ich finde und finde kein Wort.

Irgendwann öffnen sich die Augen. Und ein schwaches Lächeln zeigt sich um den Mundwinkel. Dann spricht sie: »Vergiss es. Ich weiß, es geht nicht. Und es ist auch gut so.« Ihre Stimme ist leise, enthält keinerlei Verbitterung, die Worte sind deutlich ausgesprochen. Sie gibt mir das Taschentuch zurück.

Wehmut ergreift mich. Ich nehme ihren Kopf in meine Hände, ich will unbedingt, dass nun herauskäme, was in mir ungesagt geblieben ist. Doch ich kann es auch jetzt nicht ausdrücken, dafür aber lasse ich mich zu einem Kuss hinreißen. Ja, ich küsse ihren blauumrahmten, harten Mund.

Sie umarmt mich heftig, erwidert meinen Kuss und weint dabei. Ihre Lippen wirken seltsamerweise kühl, saugen kräftig; die Küsse schmecken nach Benzin und Träne.

Ich denke an Verenas Küsse. Sie haben nach Tabak und Lippenstift geschmeckt.

8

Die Sonne geht unter. Sie weint nicht mehr. Vorsichtig stemme ich mich gegen ihren Kopf. Sie gibt schnell nach und setzt sich gerade.

Ich sehe ihre wirren Haare und gebe ihr einen Spiegel, den ich aus der Brusttasche ziehe. Es ist ein rundes, glitzerndes Ding mit dem grellen Lichtbild eines prallbrüstigen Modeweibes; auf welchem Wege es zu mir gelangt ist, weiß ich längst nicht mehr, was ich aber weiß: Ich habe damit Verena gern geneckt, da sie meinte, er müsste von der da abgebildeten Person stammen und mir gewidmet sein.

Nun schaut sie scheu auf die bebilderte Rückseite und legt mir ihn auf den Schoß, ohne hineingeblickt zu haben. Dann aber schaut sie in den Rückspiegel des Autos und streicht sich flüchtig über die Haare.

Ich sage: »Den wollte ich dir schenken.«

Sie sagt: »Du musst mir nichts schenken.« Das sagt sie ohne Leidenschaft, ohne irgendeinen Nebenton. Doch dabei kommt sie mir sehr hilfebedürftig und beinah zärtlich vor.

Wie gut, denke ich, dass sie nicht gesagt hat, ich solle mit dem Spiegel eine Schönere und Jüngere beglücken. Aber der Gedanke erschreckt mich trotzdem, und ich wundere mich darüber, wieso ich darauf gekommen bin. Und dass ich darauf, auf den schrecklichen Gedanken, gekommen bin, ärgert mich nun nachträglich. Da greife ich nach dem Spiegel, und werfe ihn in die Steppe. Er trillert in der Luft und zerschlägt sich dann klirrend in der Ferne. Mir ist, als nähme ich von etwas endgültig Abschied.

Sie küsst mir die Schulter, drückt mir darauf die Hand. Ich soll also gehen. Ich steige aus unserer engen, zeitweiligen Behausung und gehe zum Pferd, das längst ungeduldig geworden ist und mir entgegenbrummt und nicht warten kann, dass ich es besteige. Es vergeht Zeit, bis ich die Zügel über der Mähne straff ziehen, mit dem linken Stiefel in den

Steigbügel treten und mich endlich über den Sattel schwingen kann. Mir ist schwindlig, als wäre ich schwer betrunken.

Vor mir glänzt der Abendhimmel, und die ersten Sterne sind schon aufgegangen. Hinter mir springt der Motor an. Das muss mich ernüchtert, oder vielleicht auch in meiner Trunkenheit bestärkt haben, denn darauf, während ich das Auto den Berghang hinunterrollen sehe, glaube ich zu wissen, was es ist, was ich ihr unbedingt gesagt haben will: Ich bin für dich doch die Wiederkehr dessen, der dir deine Jugend schuldet, ist es so oder nicht? Ich bin bereit, dir wenigstens einen Tag oder eine Nacht zurückzuzahlen!

Mit diesem Gedanken jage ich der Wegeilenden abermals hinterher. Doch diesmal fällt das Wettrennen ungünstig für das Pferd aus: Der Abhang ist zuerst stark abschüssig, und als die Ebene erreicht ist, fährt das Auto längst mit Vollgas weiter. Der Abstand zwischen uns vergrößert sich unaufhaltsam.

Ich sehe die Sinnlosigkeit meines Tuns ein und weine, während ich versuche, das Pferd zum Stehen zu bringen. Vielleicht ist mir ein Glück entgangen, das nicht nur aus einer Pflicht erwächst, sondern auf das ich auch ein Recht habe. Während das Pferd endlich zum Stehen gekommen ist und mitfühlend mir zu lauschen scheint, weine ich ohne Hemmung und sehe die Staubfahne wie eine Scheidemauer zwischen Himmel und Erde stehen. Und irgendwann ist auch die Staubfahne nicht mehr zu sehen. Sie hat sich in der immer dichter werdenden Abenddämmerung aufgelöst.

Die Tuwa sagen

Die Tuwa sagen: Nicht alles, was ein Geweih überm Schädel trägt, darf gleich ein Hirsch sein. Zerschlag ihm die Beine, zerstich ihm die Lunge, zerquetsche ihm das Herz. Trotzt er, bis der letzte Hauch Leben ihn verlässt, der Saugkraft der Erde, ohne das Geweih dem Fall freizugeben, dann ist es doch ein Hirsch.

Die Tuwa sagen: Nicht alles, was sich hart anfasst und schwer drückt, braucht Eisen zu sein. Schmeiß es ins Wasser, schmeiß es ins Feuer, zersäg und zerschlag es in Splitter. Wirft es auch dann Funken, dann ist es tatsächlich Stahl.

Die Tuwa sagen: Nicht jeder, der stehend pisst, muss ein Mann sein. Lass ihn vor den Fürsten treten, lass ihm die Ehefrau weglaufen und das Reitross krepieren. Bleibt er auch dann gerade stehen, ist er allerdings ein Mann.

Einfälle

Nach wohl tausend Tagen und Nächten komme ich wieder in die heimatliche Ecke, und die halbe Sippe stürzt sich von allen Seiten her, noch bevor sich die Staubfahne des Postautos, das mich am Ail-Rand abgesetzt hat, legen konnte. An der Spitze jener Menschenschar, die auf mich zuströmt, rennen natürlich die Kinder, und genau in dem Augenblick, als die ersten bei mir ankommen, stolpert ein Junge und fliegt mit dem Gesicht in Laub und Staub und bleibt langgestreckt liegen. Erschrocken eile ich ihm entgegen, und als der kleine Stolperer, dessen Gesicht mit den beiden glänzenden Augen und dem schmerzverzerrten Mund einem Fetzen knittriger Erde gleicht, meiner gewahr wird, überwindet er sich und ruft mit letzter Kraft: »Mys men – Bin eine Katze!« Und macht sich mit der Geschmeidigkeit einer Katze auf allen vieren davon.

Wenn die letzten Blätter von den städtischen Espen fallen und die lauen gelben Herbstwinde dem Wintergrau und den Schneestürmen weichen, wird das Leben selbst in der Hauptstadt um einiges schwerer. Vieles wird knapper, und die Schlangen werden länger. Die Suche beginnt. So die nach der Milch. Man kann da Geld haben, oder man kann Zeit haben, oder man kann Geld und Zeit und einen Krug und eine Menge anderer Dinge haben, doch es ist schwer, schwer, schwer, Milch zu finden, wenn man nicht eine Verkäuferin oder wenigstens eine Putzerin in einem Lebensmittelgeschäft zur Mutter oder zur Frau oder zur Freundin hat.

In einer solchen milchraren Zeit betrete ich einmal mit meinem leeren Krug und meiner verneinenden Einstellung zur sozialistischen Versorgung ein Geschäft, und ich traue meinen Augen nicht: Es gibt Milch! Also stelle ich mich eilends an, bereit, mich an der Schlacht des Schlangestehens zu beteiligen. Allein kurz darauf heißt es, die Milch ist alle!

»Alle« heißt hier auf Deutsch »nichts mehr«, in der Wissenschaft »nicht existent«, im Sprichwort »kein Pferd ist so schnell, dass es das Nichtvorhandene einholt«, und bei meiner Mutter, die gerade zu Besuch da war, dunkler Tee, Magenverstimmung und Abreise …

Die Schlange löst sich allmählich auf, trotzdem können wir Betrogenen nicht gleich weggehen. So lungern wir herum, unschlüssig, wie welche, die man bei einer Verabredung hat sitzen lassen.

Da kommen von zwei Seiten zwei blau bekittelte Frauen hergestürzt, beide Putzerinnen, und sie gehen auf ihre ranghöhere Kollegin, die Verkäuferin, los, nicht viel anders als zwei Hunde auf einen Wolf. Bewerfen sie mit lauter Ausdrücken aus der Zeitung, nennen eine unverschämt gierige Person, die alles durch die Hintertür verschwinden ließe, ein schädliches, kleinbürgerliches Element, das es längst verdiente, vom sozialistischen Dienstbetrieb entfernt zu werden.

Die Angegriffene jedoch gebärdet sich sehr unwölfisch, lässt das doppelläufige Geschimpfe geduldig über sich ergehen, indem sie schweigend an den leeren Gefäßen hantiert. Bis sie ihren Hintern an einem Vierzigerkrug scheuert und dabei mit einem Auge zwinkert. Man versteht: Der da ist noch voll.

Allein die beiden Kampfgefährtinnen übersehen das heimliche Zeichen, und so geht das Gezeter weiter. Da tritt einer aus der zuschauenden und -hörenden Menschenschar näher an die Wütenden heran und spricht leise: »Sie gibt euch doch zu verstehen, in dem einen Krug ist noch Milch!«

Eine der Zeternden begreift sofort, schubst darauf die andere an, worauf auch diese endlich verstummt. Da aber wirft die Schnellere der beiden blau Bekittelten einen verächtlichen Blick auf den Helfershelfer und zischt ihn halblaut an, sodass es nur von jener gehört werden kann, die bis soeben verdammt worden ist. Jetzt aber heißt es: »Und was ist dabei weiter? *Sie* ist die Verkäuferin, und sie hat doch das gute Recht, einen Krug zurückzustellen für das werktätige Personal des Hauses!«

Und damit verschwindet sie, ihre Kollegin an der Hand zerrend, hinter die nächste Ecke.

Der Lehrstuhlinhaber und ich zanken uns wieder einmal, das heißt: Er tobt und bedenkt mich mit außeruniversitären Ausdrücken, und dies in einer gar unprofessoralen Lautstärke, und ich sitze zurückgelehnt, schweige und ahle unverwandt mit dem Blick in sein fehlerhaftes Auge und denke bei mir: Wär ich ein Rabe, ich würde es mir dreimal überlegen, ehe ich meinen Schnabel in diese Hässlichkeit von einem Auge hineinhacke!

Dass ich, sein Unterstellter, mir solches erlauben darf und dabei nicht unterlasse, meinen rechten Mundwinkel in einem Dauergrinsen zu halten, wird ihm wohl zu viel: Mit einem Mal ballt er seine Rechte zur Faust, schlägt gegen die Tischplatte und brüllt: »Elender Lump!«

Und in dem Sekundenbruchteil, wie Geknall und Gebrüll zusammenprallen, geht die Tür auf, und es erscheint der Dekan. Mein Gegenüber lässt die Gesichtshaut glatt fahren, bückt sich langsam zu mir und spricht so, dass es auch für den anderen gut hörbar ist: »So oder ähnlich benimmt sich manch einer und verliert dadurch das Ansehen vor den Studenten. Das musst du dir als junger Lehrer gut merken!« Darauf bedenkt er mich mit einem väterlichen Blick und wendet sich mit einer sorgenmüden, aber dienstbeflissenen Miene an den Vorgesetzten.

Geburtstagsgeschenk

Ein Vater schenkt seinem Kind zum Geburtstag eine Aloe, in der Landessprache »Hundertjähriges« genannt. Von der Pflanze heißt es nämlich, alle hundert Jahre würde sie einmal Blüten treiben. Nachdem der Vater diese Geschichte erzählt hat, will das Kind natürlich noch wissen, wie lange das sei. Ja, hundert Jahre sind lang, gibt der Vater zu, ohne zu ahnen, welche weiteren Fragen darauf folgen würden.

Es fängt an zu bohren: Wie lange genau? So lang wie das Kleinfingerchen des Kindes oder wie der Mittelfinger des Vaters?

»Seit du geboren bist, sind drei Jahre vergangen«, versucht der Vater, eine mathematische Antwort abzugeben. »Wenn dreiunddreißigmal so viel Zeit vergeht, wie du schon gelebt hast und noch ein Jahr dazu, dann sind die hundert Jahre um!«

Solches geht am kindlichen Verstand vorbei. Da bricht der Erwachsene ein Stück Streichholz in zwei Teile und legt die längere Hälfte auf den Tisch. Der Tisch ist ein Meter lang. Nun geht die Erklärung weiter: »Das Streichholz sind deine drei Jahre und der Tisch die hundert.« Ein wenigstens ungefähres Verständnis muss zustande gekommen sein, denn die Antwort des Kindes lautet darauf: »Hundert Jahre sind sehr lang!«

»Ja, hundert Jahre sind sehr lang«, bestätigt ihm der Erwachsene, »kein Mensch lebt so lange!«

»Warum nicht?«, fährt das Kind erschrocken auf. Seine sonst schmalen und hell glänzenden Augen wirken mit einem Mal rund und dunkel.

»Nun ja«, weicht der Erwachsene aus, »es gibt Menschen, die noch länger leben als hundert Jahre.«

»Seht Ihr?«, sagt das Kind ein wenig beruhigt. Und rückt mit dem Eigentlichen endlich heraus: »Die Blüte werde ich Euch, Vater, zurückschenken!«

Der Erwachsene kann den Gedanken schlecht ertragen, dass er in hundert Jahren immer noch da sein könnte. So sagt er unsicher: »Du sprichst deinem Vater, der inzwischen die Dreißig schon überschritten hat, ein so langes Leben zu?«

»Ja!«, kommt ihm das Kind willig entgegen. »Auch Mutter und Brüderchen, Großvater und Großmutter, wir werden alle da sein, wir werden immer da sein, Vater!«

Diese Bestimmtheit des Kindes bringt den Erwachsenen auf einen Gedanken, den er noch nie zu denken gewagt hat: Muss man denn immer bei der langweiligen, gemeinen Wahrheit bleiben wie ein angebundenes Pferd am Pflock? Sich von der schweren, gemeinen Wahrheit immer flachwälzen lassen und selbst einem Geburtstag feiernden Kind die Freude zerstören? Ist denn die Wahrheit immer wahr gewesen, und muss sie es auch weiterhin bleiben?

Ab da lässt sich der Erwachsene von dem Kinde führen. Es kommt eine gute Unterhaltung zustande, und es wird eine schöne Geburtstagsfeier.

Künstler

Tochter Aibora will malen. »Ein Meer wird es«, erklärt sie. Nanu? denke ich. Sie hat nie ein Meer gesehen.

Eine Stunde vergeht. Es wird kein Meer.

»Male doch, was du kannst, male einen Baum oder eine Blume!«, sage ich.

Aber sie will davon nichts hören, will unbedingt das Meer malen. In ihrem runden, violetten Fäustchen knetet sie den Stift, dass dabei ihre Fingerspitzen weiß und blau anlaufen. Die Augen schwimmen in Tränen. Noch ein Wort – es wird ein Geheul geben. Ich schweige.

Ein Tag vergeht. Das Papier ist ziemlich geknüllt, bleibt aber leer. Doch gleich am Morgen macht sie sich wieder ans Malen. Allein es wird und wird kein Meer.

»Male doch, was du kannst, male deine Großmutter oder deinen kleinen Bruder – ja, male doch einen Apfel!«, sage ich. Auch davon will sie nichts hören, will unbedingt das Meer malen, will es wohl bezwingen. Sie zittert und stöhnt. Die Tränen fallen, aber sie presst die Lippen zusammen und gibt keinen Laut von sich. Zum ersten Mal weint sie still.

Eine Woche vergeht. Das Meer wird und wird nicht. Das Blatt Papier bleibt nach wie vor leer. Aber es ist jetzt fleckig und bucklig.

Ich beuge mich, das leere, tränenschwere Papier in der Hand, über meine Tochter, die im Schlaf seufzt und stöhnt.

Ich denke an meine Erstlingsgeschichten über die blauen Küsten Italiens und die weißen Berge Islands, die ich nie gesehen hatte. Dabei hatte ich meinen Altai, wohl den schönsten Winkel auf Erden.

Ich bin fünfundzwanzig, und Aibora ist drei Jahre alt.

Hirnmaden

Unser Jüngster ist still veranlagt, kann gut schweigen und folglich auch Gedanken entwickeln, die uns von keinem seiner älteren Geschwister her bekannt sind. So will er manchmal nicht er selbst sein.

Das begann damit, dass er sich ein dickes Fell sowie Krallen und Zähne wünschte, wie die beiden Bärenjungen, die ich in der Taiga des Nordens inmitten gefällter Bäume fand, mitnahm und ein paar Tage zu Hause behielt, ehe ich sie dem Staatszirkus übergab. Die Scheu vor den jungen Bären, nicht größer als manche Ladenteddys, aber doch schon sehr raubtierisch, verließ die Kinder, die mit jenen in atemnaher Nachbarschaft leben durften, bis zuletzt nicht gänzlich. Doch dann, als ich sie, jeden unter einem Arm, für immer wegbringen wollte, sagte das Jüngste mit einem Mal: »Ach, wie gern wäre ich ein Bärenjunges!«

Weshalb, will ich wissen. Will er denn auch weg von hier?

Nein, das nicht. Der Grund ist einfacher: Wäre er ein solches, dann hätte er sich vor beiden nie gefürchtet und schon längst mit ihnen seine Kräfte gemessen.

Er könnte es doch jetzt noch tun, versuche ich ihm einzureden.

Nein, meint das Menschenkind entschieden, es würde solches nur tun, wenn er dazu auch entsprechend ausgerüstet wäre.

Damals war es fünf Jahre alt. Auch später will es ab und

an in eine andere Haut schlüpfen. Zuerst in die des Hasen, darauf in die des Wolfes aus dem bekannten Kinderfilm »Na, warte!« Es will ein Sperling, eine Maus, ein Zirkusaffe aus Vietnam und vieles andere sein, aber auch andere Menschen: ein Kosmonaut, ein Mädchen, ein Hochbetagter, zum Beispiel die Großmutter.

Der Hase will er sein, um, wie er sagt, sich an der Zuneigung der Menschen zu erfreuen. Der Wolf, um die Bosheit abzulegen und so ihn, das eigentlich sehr schöne und mächtige Wesen, vor ihm selbst zu retten. Der Sperling, um ihn von dem Straßendreck wegzuerziehen, der winzige rote Affe, um zu erfahren, ob jener denn wüsste, dass er mit seinen Albereien die eigenen Nachfahren ergötzt. Der Kosmonaut soll ihm verraten, wie es ihm zumute sei, wenn er ständig sich selber sieht: auf den Straßen, in den Zeitungen, im Fernsehen, im Kino, in den Lehrbüchern, sogar auf dem Jackenaufschlag von so vielen Kindern und Erwachsenen, ja, selbst von sonst so strengen, tadellustigen Lehrern.

Neuerdings möchte er gern gleichzeitig zwei Kinder aus seiner Klasse sein. Das eine der beiden hat einen Partei- und Staatsführer zum Vater und eine Ministerin zur Mutter. Der Mann lässt sich in einem schwarzen und die Frau in einem weißen Wolga fahren. Abwechselnd bringt einer der beiden Wagen das Kind morgens zur Schule und holt es nachmittags von dort ab. Einmal, erzählt er, wären sogar alle beiden Wagen da gewesen. Das andere Kind hat eine Putzfrau zur Mutter, und sein Vater ist vor einigen Monaten verstorben.

»Warum gleichzeitig zwei Menschen? Das geht doch erst recht nicht!«, gebe ich ihm zu bedenken.

»Gewiss geht solches nicht. Aber schön wär es doch,

wenn es ginge!«, beharrt er. Dann würde ich mit meiner einen Hälfte hier und mit der anderen dort leben können. »Gleichzeitig immer zweierlei sehen, hören, aus zwei Schalen trinken, aus zwei Tellern essen, mit dem einen Fuß gehen und mit dem anderen in dem fahrenden Auto sitzen und dabei aus lauter Langeweile ihn über den blitzsauberen und schaumweichen Sitz baumeln lassen – würdet Ihr das nicht auch gern tun, Vater?«

Ich gebe zu, ich würde es gern tun. Aber dann erwacht in mir wieder der Erwachsene, denn ich sage: »Du hast merkwürdige Wünsche, Kind. Vielleicht bist du nicht besonders gern bei uns, willst nicht unbedingt unser Nesthocker sein?«

Das Kind, ungerecht behandelt, fährt auf: »Wie kommt Ihr darauf, Vater? Ich bin doch gern hier, bin gern Euer Kind! Will ja nur wissen, wies mit anderen ist, und das ist alles!« Später fügt es, nun wieder in seiner besonnenen Art, hinzu: »Wär ich ein anderes gewesen, dann hätt ich mir bestimmt gewünscht, das zu werden, was ich hier bin.«

Heute lernt der Junge, immer noch ein Kind und mehr denn je das Jüngstkind, in der achten Klasse. Hier eine Stelle aus einem Aufsatz, den er geschrieben hat: »Der Wohnort eines Schülers liegt zwischen dem Sandhügel des Ja und dem Steinberg des Nein. Die Erwachsenen, die diese Art Erdkunde erschaffen und über deren Unantastbarkeit wachen, müssen woanders gelebt haben, als sie selber Kinder waren. Denn dieser Ort erscheint einem schwer bewohnbar, und einer, der keine andere Auswahl hat, als dort zu bleiben, kann schnell merkwürdige Gedanken bekommen. Ich nenne sie Hirnmaden …«

Ein Zug fährt weg

I

Er taumelt ihnen schwerfällig hinterher. Das kommt von den Koffern. Die nicht groß, wohl auch nicht allzu schwer sind. Aber er fühlt sich nun einmal geschwächt, am Ende seiner Kräfte. Das spürt er mit jeder Fußlänge immer deutlicher. Seltsam nur, dass die Bitterkeit in ihm im Gegenzug zu den schwindenden Kräften nur noch zunimmt. So lässt er die drückenden Koffer mit einem Mal fallen und schaut auf sie mit einem solchen Hass im Blick, als wenn er sich gleich daraufwerfen und sie zertrümmern wollte. Denn ihm ist bewusst geworden, dass er, wären nicht die beiden verfluchten Koffer gewesen, sein Kind noch, noch eine Weile, an der eigenen Brust hätte halten dürfen.

Doch in diesem Augenblick trifft sein Blick den des Kindes, das ihn über der Schulter des Großvaters mit seinem sonnigen, sonnenrunden Gesicht anlacht. Ein Zittern durchfährt ihn, und beschämt greift er nach den Koffern, die er ab da, mühselig wie vorher auch zwar, aber mit warmer Hingabe schleppt. Am Ende ist er noch glücklich darüber, dass die Koffer so schwer Drückendes enthalten und er sie tragen darf, denn alles, fast alles, was dort ist, gehört dem Kind. Und das meiste davon hat er selber zusammengetragen. Es sind durchaus gute Sachen zum Anziehen,

Spielen und Gebrauchen – für später, wenn aus ihm ein großer Junge geworden ist.

Für den Einkauf hat er seine kleinen Ersparnisse aufgelöst, bewusst, es könnte durchaus seine allerletzte Gabe an sein Kind sein. Und den nach dem Einkauf noch übrig gebliebenen Großschein hat er dem Schwiegervater in die Hand gedrückt. Was bei dem alten Menschen eine glattweg lähmende Freude ausgelöst hat: Zitternd und stotternd hat dieser in seiner Verlegenheit nichts Besseres gewusst, als die Gabe lose in den Brustlatz zu stecken.

Später aber ist der nackte Schein abhanden gekommen, natürlicherweise, denn er ist, übermütig wie er wurde, mit seiner Alten im überfüllten Bus gefahren, wie alle Menschen, die vom Land in die Stadt kommen, um die Kultur und den Fortschritt zu bewundern. Und seitdem streiten sie sich dauernd. Auch jetzt hört er die beiden streiten. Vielleicht aber ist es gar kein Streit. Denn im Grunde meinen beide das Gleiche, nämlich, dass der Schein nicht verloren gehen durfte. Nur drücken sie sich dabei unterschiedlich aus. Die Frau meint, es war dumm, in dieser diebischen Stadt einen Geldschein, zumal einen so großen, lose in den Brustlatz zu stecken und darauf in einem überfüllten Bus zu fahren. Und der Mann meint, es sei eine Unverschämtheit, einem alten Menschen in den Brustlatz hineinzufahren und ihm ein so wertvolles Geschenk von seinen Kindern wegzustehlen. Allein dadurch, dass diese Aussagen so oft wiederholt worden sind, hört es sich wie ein Streit an, vielleicht. Er begreift, einen derartigen Verlust nach einer derartigen Freude kann man eben so schnell nicht verwinden. Er bemitleidet die alten Menschen, dass ihm die Tränen kommen. Sie erinnern ihn sehr an seine eigenen Eltern, die schon lange nicht mehr leben.

Sie sind beim Bahnhofsgebäude angekommen. Auf dem weiten Platz davor ist noch nichts los. Die Bänke stehen leer. Die Alten gehen auf eine zu, wollen sich daraufsetzen. Er, tränenblind, geht an ihnen vorbei. Vernimmt da die verunsicherte Stimme der Schwiegermutter hinten, ob man denn weitergehen müsse. Schnell setzt er die Koffer ab und bleibt krampfhaft stehen. Man musste auf seine sonderbare Haltung aufmerksam geworden sein, denn er hört dieselbe Stimme fragen, jetzt aber besorgt, was mit ihm wäre. Anstatt Antwort zu geben, dreht er sich um. Sie sieht seine tränenden Augen und eilt auf ihn zu, während sie weiter fragt, ob ihm Sand in die Augen geflogen wäre. Er kann nur stumm nicken und lässt sich von ihr willig zur nächsten Bank führen. Wieder und wieder kommt eine Böe auf und lässt einen Sandregen nieder rieseln, sodass die Luft tatsächlich voller Sand ist.

»Lass mich den auslecken!«, sagt sie. Er widerspricht nicht, setzt sich zurecht. Wie er darauf ihre heiße, weiche Zunge über dem Augapfel spürt, ist ihm, als rege sich tief in ihm etwas, und das kann gut seine vergangene Kindheit sein. Denn ihm fällt ein, wie seine Mutter ihm die Augen ausgeleckt hat, so oft darin etwas Hinderliches zu spüren war. Und die fremde Zunge, die in ihm die Erinnerung erweckt, scheint gleichzeitig eine Bresche in den Tränendamm zu schlagen: Das Salzwasser quillt und quillt, sowie er ausgestreckt wie in allen Gliedern gelöst auf der armseligen öffentlichen Bank sitzt und die Atemnähe und Körperhitze der alten Frau spürt, die ihm bis vor wenigen Tagen eigentlich nichts gewesen, welcher er jedoch ab nun sein Ein und Alles anvertrauen kann. In diesem Augenblick wird ihm wieder einmal bewusst, dass unter dem sandgefüllten Himmel auch andere Menschen ihre Steine zu wälzen haben als lauter machtsüchtige Vorgesetzte, dummneidische Berufsgenossen, Bett- und Taschendiebe, Paragrafler und Psychiater.

Endlich lässt sie von ihm ab, spuckt aus und sagt, je mehr Tränen herauskämen, desto besser, da sie die Nachwirkung vom Fremdkörper wegspülten.

11

Da steht der Zug.

Er wird wegfahren, denkt er wehmütig. Alle Züge fahren weg. Er wird ihm sein Kind, seine Fortsetzung, wegtragen. Wird ihm auch einen Betrug, Ehe genannt, wegstieben. So wie alle Züge den Menschen nicht nur eine Stütze, hin und wieder auch eine Last wegnehmen.

Er steht auf, trägt die Koffer zu den anderen heran und streckt beide Hände nach seinem Kind aus. Es bemerkt sie sogleich, piepst auf und bewegt seine kurzen, dicken Ärmchen heftig wie ein Nestling die Flügelstummel. Ein Zittern überkommt ihn, und fast reißt er es aus den Armen des Großvaters, drückt es fest an sich und bedeckt ihm Hände, Haar, Gesicht und Hals mit Küssen.

Er entdeckt die Kindsmutter erst, als sie schon vor ihm steht. »In dieser Minute fängt der Empfang an. Der Vorgesetzte wollte zuerst umfallen, als ich sagte, ich muss mal schnell weg!«, berichtet sie sichtlich bewegt. Dabei leuchtet unter der glitzernden Schwärze des Ledermantels das grelle Weiß des Hemdkragens hervor, und dieses war es wohl, was das von den hauchhaften Haarsträhnen umsäumte schmale Gesicht jugendfrisch erstrahlen lässt. Sie ist schön. Sie weiß, dass sie noch schöner wird, wenn sie betrübt oder begeistert ist. Er hat es ihr gesagt zu Anfang ihrer gemeinsamen Zeit. Nun ist sie beides, dazu ist ihr jeder Grund gegeben.

Es sieht aus, als lächle er, lächle für sie, für ihre Schönheit. Aber wenn da irgendwie gelächelt worden ist, dann musste das sein Gesicht gewesen sein, das sich mal wieder einer Gewohnheit erinnert hat; in sich aber spürt er Schmerzen, wahnsinnige Schmerzen, und weint. Der bloße Anblick des Wassers wirkt vernichtend auf einen Ausgedursteten.

Er gibt ihr das Kind und sagt, dass er die Fahrkarten holen wolle. Damit hätte es noch etwas Zeit gehabt, danach, wo der Minutenzeiger an der großen Uhr über dem Bahnhofseingang hing. Aber er weiß, sie ist nur wegen des Kindes gekommen, und ein winziges wenig vielleicht auch wegen ihrer Eltern.

Die Schlange an dem Fahrkartenschalter ist doch beträchtlich und vor allem breitköpfig, wie immer und überall eigentlich auch. *Reihenfolge einhalten!!!* stand in feierlichem Rot über dem Schalter, aber das ist lediglich eine der vielen sinnlosen Beschmierungen – keiner schert sich darum. So hat er seine bittere Not und Mühe, zu den Fahrkarten zu kommen.

Er wird mit Ungeduld zurückerwartet. »Nur noch sieben Minuten!«, sagt sie, und die Stimme enthält Vorwurf. »Man findet sich in der Reihenfolge nicht zurecht«, murmelt er beherrscht. Aber er hätte hinausbrüllen können: »Diese Elendsmeute, die Volk und Staat spielt!«

Mittlerweile herrscht reger Betrieb auf dem Platz, und es wird erbittert gekämpft an den Wagentüren. Derselbe Kampf um den Vorteil, sei er auch so unbedeutend, wiederholt sich zu jeder Zeit und an jedem Ort. In einem scheinbaren Widerspruch zu dieser Grundwahrheit wird hier und jetzt alles umso feierlicher, je weiter der Minutenzeiger vorankriecht. Nette Worte fliegen hin und her, erfüllen die Luft. Küsse und Umarmungen. Es wird geweint und gelacht.

»Ihr sollt zu uns kommen, sooft ihr euern Jungen braucht!«, girrt die Großmutter sichtlich stolz und sprudellebendig aus der Fensterspalte zu den draußen Stehenden herunter. »Hierher lassen wir den nicht wieder, damit aus ihm nicht einer dieser Stadtlumpen wird, die selbst davor nicht zurückschrecken, einem alten Menschen das Geschenk seiner Kinder wegzustehlen!«

Der Großvater steht, den Enkel im Arm, neben ihr, bleich und hager, und nickt vor sich hin, als wollte er zu jedem der Worte sein Ja geben.

»Wir kommen wahrscheinlich schon im nächsten Monat zu euch, Mutter«, antwortet die Tochter. Aber sie sagt es nur, um der einmal in Fahrt Gekommenen das peinliche Gerede abzuschneiden. Denn sie muss doch genau wissen, dass sie in einem Monat und auch später von ihrer Arbeit, mit der sie so gern angab, nicht wegkommen kann. Es ist unmöglich. Im Mai beginnt der Hochbetrieb mit Gästen und Empfängen von staatstragender Bedeutung. Die größere Hälfte der Woche ist sie schon bisher auch über Nacht weggeblieben. Nun, wenn zu Hause kein Kind auf sie wartete, erst recht. Außerdem weiß sie schon lange, was mit dem los ist, den man für ihren Ehemann hält, der es aber längst nicht mehr ist.

Es hat eine schreckliche, aber entscheidende Nacht gegeben. Da hat er, nachdem er Robert Schumanns Bild lange angestarrt hatte, wie aus einer großen Ferne hergestöhnt: »Auch hier werde ich dir folgen müssen, Bruder!« Worauf er in schluchzenden Schrilltönen gelacht, sie am Kragen gepackt und geflüstert hat: »Ich gehe nach Scharhad! Weißt du, was das heißt? Ich muss in die Irrenanstalt, muss dort hinter Gittern möglicherweise bei lebendigem Leib verfaulen, und du darfst dich endlich austoben, darfst nicht nur tage-, sondern auch wochen- und monatelang in deiner verfluchten Höhle bleiben und dich satt und kaputt huren!« Dabei brannte es in seinen Augen, und sie begriff erst jetzt, was hinter den Monaten mit Ärzten, Arzneien und dem nächtlichen Höllenkrach wirklich gesteckt hatte. Deshalb hat sie ihre Eltern kommen lassen, aber sie durften von all dem nichts erfahren – er hatte sie darum gebeten.

Dicke Tränen füllen ihm die Augen. Hinter dem Wasserschleier nimmt er das Kind verschwommen und verzerrt wahr, wie in manchem Traum. Vielleicht wird er es wiedersehen. Vielleicht wird er selber nicht mehr in der Lage sein, es wahrzunehmen, sollte es ein- oder andermal auch dazu kommen, wer weiß. In Büchern steht doch geschrieben: geistige Umnachtung – welch eine Heuchelei!

Der Ton der Zugsirene zieht sich dröhnend in die Länge.

Er kommt vom Kopf des Zuges und hat etwas Aufwühlendes an sich. Und es heißt: Abschied. Die Wassermassen, die die Augendeckel gefüllt und die Augen selber geblendet haben, stürzen mit einem Mal, und da sieht er das zappelnde und vor lauter Freude jauchzende Kind endlich wieder deutlich. Dass Menschen, drinnen wie draußen, alle in Aufruhr geraten und anfangen zu winken, versetzt es in Hochstimmung.

Da setzt sich der Zug schon in Bewegung. Die draußen Stehenden schreiten zuerst mit, schneller und immer schneller. Dann jedoch bleiben die meisten stehen, einige darunter, wie die Kindsmutter, lassen die hellen, halbnassen Taschentücher im Wind flattern. Er aber rennt weiter, jagt mit aller Kraft neben dem Zug voran, und das Kind schreit aus vollem Hals und fuchtelt entzückt mit den Fäustchen, der menschliche Nestling, der die Flügelstummel übermütig flattern lässt, nicht ahnend, dass er dabei ist, das beschützende Nest viel zu früh zu verlassen.

Dann bleibt auch er stehen. Er muss es, denn dort endet der Bahnsteig, und die Sperre erhebt sich gegen ihn. Keuchend in der Brust und schwindlig im Kopf steht er und schaut dem Zug nach, der Wagen um Wagen an ihm vorüberdonnert, davoneilt und schließlich dem Blick entschwindet. Da meint er, seine Sinne sammeln und zu ihr gehen zu müssen. Aber dann, auf dem halben Wege zum Bahnhofsgebäude, sieht er sie: Die glitzernde Schwärze des Ledermantels mit der strahlend weißen Umsäumung verschwindet gerade hinter der Hausecke. Sie konnte, sie musste nicht auf ihn warten. Der einzige Faden, der die beiden auf dieser Erde noch miteinander verbunden hat, ist gelöst. Und natürlich soll, kann sie schnell wieder zu ihrem Empfang fahren.

Er spürt in sich weder Kränkung noch Groll. Wenn überhaupt etwas ist, das er ihr gegenüber empfindet, dann ist es die Dankbarkeit. Ja, er ist ihr dankbar dafür, dass sie ihre Rolle bis zuletzt gut gespielt und die beiden alten Menschen, die auch so schon genug zu tragen haben in diesem Leben, mit einer zusätzlichen, überflüssigen Last verschont hat.

Was er dann noch spürt, ist Leere, jene schwere und ermüdende Leere. So muss er sich zu dem kleinen Steinlöwen auf den Treppenrand setzen. Der Aprilwind, der, mittlerweile keine Böe mehr, längst mit dem Sturm verwandt scheint, jagt zu dem wirbelnden Staub und Sand nun noch Papierfetzen, jagt sie unaufhörlich durch die Luft. Der Stein ist kalt, und so schüttelt ihn bald ein Frostgefühl. Und während er aufsteht und dann weitergeht, meint er, er müsste nach Hause, zu seinem bisherigen und vorläufigen Käfig, wo zu seinem Trost das Klavier und die Bücher und der von seiner Clara soeben getrennte und wohl deshalb ein wenig verwirrte Robert mit ihm miteingesperrt sind. Minuten später jedoch entscheidet er sich um. Da ist er dabei, die breite, verkehrsdichte Straße hinter dem Bahnhof zu überqueren; nun macht er auf der Straßenmitte kehrt. Denn ihm ist eingefallen, dass er doch ins Krankenhaus muss. Eigentlich ist er frei bis morgen. Aber, denkt er plötzlich, was soll ich mich mit den Nachbarn noch streiten und dann mit der Kindsmutter womöglich auch noch? Besser, ich verschwinde aus dem Blick der anderen so schnell, wie nur möglich!

Er geht zu der Bushaltestelle, sucht und findet das Schild heraus, das er braucht: *SH* sticht blau hervor von einem verrosteten Fetzen Blech, das über einem Pfahl angebracht ist. Um den Pfahl herum stehen schon einige Menschen.

Eine Zugsirene schrillt, und er zuckt zusammen. Später erblickt er die Lokomotive, die hinter dem Gebäude herausgekrochen kommt und sich schwerfällig polternd voranbewegt. Darauf sieht er den Rumpf des Zuges, einen Wagen nach dem anderen vorbeigleiten. Menschen strömen, in Scharen und einzeln, auf den Bahnsteig zu, den Ankommenden entgegen.

In diesem Augenblick kommt auch der Bus an. Er steigt ein. Und während er sich im Gang vorwärts kämpft, kann er von dem Gewimmel auf dem Bahnsteig drüben den Blick nicht reißen. Er will die Ankommenden sehen. Und wie sie von den Hineilenden empfangen werden. Ein Bahnhof ist wie das Leben, denkt er. Es gibt Abfahrten und Ankünfte. Abschiede und Begegnungen. Leiden und Freuden.

Kalendergeschichten von einem Jahr

Januar

Der Himmel scheint sich mit jedem Tag von der Erde weiter abzuheben, das Blau in ihm wächst, geht ins Schwärzliche über und wirkt immer undurchdringlicher. Die Sonne dagegen wird blasser und spröder, schrumpft und erinnert an eine gewesene Schönheit, die nun, welk und scheu, bestrebt ist, sich auf einem weiten Bogen am Leben vorbeizuschleichen.

Die Kälte hört auf, in den Herzen der Menschen schwärmerischen Dunst auszulösen, sie wächst zu einer Lebensgefahr. Selbst die Erdmutter muss ihren Leib so zusammenziehen, dass es in ihren Gelenken knallt und kracht, und wer seine Sinne noch beisammen hat, kann ihr Seufzen hören, ihr Zittern spüren und ihre unendlichen Tränen, die unaufhörlich niederschwebenden Schneeflocken riechen und ergründen in den schier endlosen Nächten.

Der Glaube, alles sei neu, habe erst angefangen, nistet tief in den Hirnen. Die Folge ist unterschiedlich: Bewegt er manch einen zu einem Neubeginn, beruhigt und betäubt er den anderen, redet seinen Zellen ein, es sei noch viel, viel Zeit für alles da.

Die Medien, dieses getarnte, aber ungeschminkt gesteuerte Kombinat aus Meinereien, Gläubereien, Treibereien und vielen sonstigen Fabriken zur staatlichen Deckung des

Bedarfs in jede Richtung hin, arbeiten auf Hochtouren. Es wird von Plänen, Versprechungen und guten Anfängen berichtet. Von Erfolgen, Erfolgen und nochmals Erfolgen. Es wird gelobt, empfohlen und gewürdigt. Man erfährt von Mahnungen, Rügen, Versäumnissen und Verdammnissen. Im Schein des Feuers, das da ausgespien wird, sieht das Leben wie ein einziger Knäuel Kampf aus, der keine Pause und keine Abwesenheit duldet.

Und es wird gekämpft – gegen: Kälte, Mängel, Planrückstände, überholte Ansichten; für: Wärme, Produktion, Planvorsprung, neues Denken. Und das alles wird als Beitrag zur Erhaltung des Friedens zusammengefasst. Ob die Menschen es wirklich glauben, weiß keiner. Aber es wird geduldet. Und den Krieg will ohnehin keiner. Zumal die Gefahr eines Krieges wieder einmal näher gerückt zu sein scheint. Nur kein Krieg!, denken die meisten Menschen mit beschleunigten Pulsschlägen. Und ist der Schatten des nächsten Krieges einmal im Bewusstsein erwacht, dann kommen die 365 Tage und Nächte selbst eines bedürftigen Jahres auf dieser runden Erde dem Durchschnittsteilnehmer an dem Kampfspiel Leben wie strahlend hell und von der Glückssonne beschienen vor. »Im Frieden ist selbst das Sterben schön«, hat vor langer Zeit ein kriegsmüder Mensch gesagt. Der Spruch scheint gelungen, wenn er so lange mitgehalten hat. Dennoch könnte man an ihm herumfummeln, wenn man es durchaus wollte. Es gibt auch verfrühte Ansichten. Und sie zetteln neuen Kampf aus.

Februar

Es fällt einem zunächst nicht leicht, an ihm etwas Herausragendes zu entdecken. Der Februar ist ein glanzloser Monat. Möglich, dass ihn die Schöpfer des julianisch-gregorianischen Kalenders gerade darum so verunstaltet haben. Es ist, als ob sich in dem Monat tatsächlich wenig ereignete, lässt man sein Gedächtnis in der christlich-europäischen Geschichte umherschweifen.

Doch Christentum ist nur eine der vielen Glaubensmöglichkeiten, und Europa ein Gliedzipfel des Erdkörpers, das wird man irgendwann auch sagen dürfen. Woanders gelten andere Zeitrechnungen, und danach ist der Februar ein vollblütiger Monat. Die Steppenbewohner glauben an ihn als den Geburtsmonat des Größten. Dazulande haben unzählige Geschlechter in diesem Monat Geburtstag gefeiert. Aber das ist wiederum eines besseren Verständnisses halber sehr christlich-europäisch gesagt.

Der Mondkalender des Ostens gewährt ihm nicht nur dreißig Tage, er stellt ihn auch an die Spitze des Jahres. Und dies bringt ihm den klangvollen Namen Schagaa, den Weißen Mond. Am ersten Tage des neuen Mondes und Jahres gelten alle Menschen um ein weiteres Jahr älter und damit um einen weiteren Schritt dem Gipfel näher gerückt, der auf alle Fälle mit Weiß zu tun hat und in der Sprache Weisheit heißt.

Die Neunen altern. Dem Außenstehenden wird dies wenig besagen. Darum eine kurze Erklärung: Der Winter war seit alters her in neun Neunen aufgeteilt, von denen die ersten drei als junge, die mittleren drei als erwachsene und die letzten drei als alternde Neunen bezeichnet wurden. Jede dieser Neunen hat einen zu sich passenden Spruch. So könnten während der dritten Neun einem dreijährigen Rind die Hörner abfrieren, nach der sechsten Neun würde ein Mensch nicht mehr erfrieren, auch wenn er im Freien übernachtet, nach der siebten Neun würden die Spitzen der Hügel vom Schnee befreit, nach der achten würden die Ebenen unter Wasser und Schlamm liegen, und so fort.

Doch die Zeiten scheinen sich mittlerweile geändert zu haben, denn heutzutage herrscht selbst nach der neunten Neun, wo, dem Spruch zufolge, sich das irdische Glück ausbreiten soll, worunter man die Ankunft des Frühlings verstehen dürfte, immer noch tiefster Winter. Aber ungeachtet dessen haben sich die alten Lebensrhythmen erhalten. Das Jungvieh meldet sich. Es ist, als wenn Hügel und Berge, Täler und Steppen wieder Stimme bekommen, nachdem sie monatelang zur Stummheit verurteilt waren. Die Medien schlagen Alarm: Der Frühling kommt! Mäßige Dichter wittern neuen Aufschwung. Zum hunderttausendsten Mal wird die Sprache nach Wörtern durchsiebt, die sich mit »heimkehrender Sonne«, »himmelblauen Schneeglocken«, den »Panzer sprengenden Hügeln und Bergen« etc. reimen lassen. Darüber thront die echte Lyrik, unaufdringlich, aber auch unvertilgbar, und bestreicht die Überschwänglichen samt der übrigen Welt mit ihrem verzeihenden Lächeln.

Es ist, als ob sich Himmel und Erde lange nicht einig werden können, ob sie den Menschen ihren herbeigesehnten Frühling hergeben wollen oder nicht. Aber je genauer man hinschaut und je gezielter man nachsinnt, begreift man, dass die Spannung zwischen Himmel und Erde nicht uns zuliebe zustande gekommen sein kann. Die Natur hat es noch nicht nötig.

Zuerst ist es die Luft, die von der Nähe des Frühlings Kunde tut, indem sie dem seichten, flinken Wasser eines Bergbaches gleich zu strömen, zu wellen und zu sieden beginnt. Dies nehmen die Menschen nicht nur mit den Augen wahr, sie spüren es auch mit ihrer müden Haut, was in den Herzen verfrühte Sehnsüchte erweckt.

Vor der Liebeswerbung des Himmels bleibt die Erde lange dickkrustig und fettäugig, aber dann geschieht eines Tages, dass sie unter den Schneerändern nass-schwarz glänzt, und es ist, als hätte sie Tränen geweint. Die Nacht darauf hört man es in der Erde erneut knallen und krachen; die Erde, unsere alte Mutter, scheint für ihren Leichtsinn schwer zu bezahlen. Tatsächlich findet man sie am nächsten Morgen entstellt und reglos wieder. So kann sie viele Tage lang daliegen. Doch kommt sie dann irgendwann wieder zum Schmollen; sie vermag der Werbung des Himmels nicht mehr zu widerstehen, sie ist unbelehrbar, unrettbar. Und mit jedem verlebten, zum Schluss immer wieder betrogenen Tag nimmt ihre Schwäche nur zu.

Das Menschvolk lebt in Erwartung. Trübe Gedanken

über Tod und Vergänglichkeit, die die wegfliegenden Vögel und abfallenden Blätter in die Brust eingescheucht haben, verlassen den Körper Zelle um Zelle; heller wird es in der Seele.

Das Murmeltier kriecht aus seinem Winterversteck hervor, und die Wiederbegegnung mit ihm auf der Erde hat für das Hirtenvolk sinnbildlichen Wert. Vielleicht ist die Zeit nicht allzu fern, da der Mensch die Schafe und Ziegen und auch die Fohlen und Kälber im Spätherbst zum Winterschlaf einwiegen wird und dann im Frühjahr wieder auftaut und aufweckt?

Lärmend kommt ein neues Viehgeschlecht im Leben an und eröffnet für weitere Ankommende den Weg. Vielleicht darum: Die Träume, die der lange, schwere Winter verstümmelt und in die Stummheit gezwungen hat, werden wieder stimmig. Das sind die Vorboten der Hoffnung, die grüner als das Gras in den Hirnen zu sprießen beginnen.

Doch Träumen sind nur Augenblicke gegeben, die restliche Zeit untersteht der Erfahrung. Und der erfahrene, verbrühte und verbrannte Mensch weiß, der Frühling ist noch fern und ungewiss.

April

Wieder ist es der Himmel, der das Spiel verdirbt: Die Erde hat die Härte endlich überwunden, die ihr, einem Zwangspanzer gleich, Nacht für Nacht um den Leib gelegt ward, und wirbt nun mit quellenden Gliedern und duftendem Atem um die Gunst ihres Herrn, aber dieser, dem die Altersschwäche an jedem Härchen und Fäserchen zu hängen, darüber hinaus auch noch der Altersstarrsinn aus allen Poren herauszulugen scheint, verhält sich zu ihr nicht anders als ein Ochse zu einer Kuh – er wird und wird mit ihr nicht fertig.

Die Erdmutter eutert, heißt es bei dem Hirtenvolk. Kürzer und genauer kann man die Hoffnung und Erwartung, die anstehen, nicht ausdrücken. Bei den Kleinviehherden geht es beethovenisch laut und zugleich mozartisch leicht zu; man ist geneigt zu meinen, es ist ein Schlusssatz in Fortissimo, doch es ist erst der zweite Satz einer großen Ankunftssinfonie; es fährt in Adagio fort; hell ertönen die Stimmen singender Hirtinnen, die entschlossen sind, in so manchen Schafen, die ihre Lämmer nicht annehmen wollen, mit der Gewalt des Gesanges die Mutterliebe zu erwecken – es sind die Solisten. Der Mensch ist auch hier meistens Sieger, und so ein mit Gesang geglättetes Schafgemüt wird glattweg töricht in seiner Mutterliebe, es rennt seinem Lamm blökend hinterher, und diese Mühsal einer Mutter ihres Kindes wegen dauert bis in den Spätherbst an, da das junge Schafgeschlecht als erwachsen und schlachtreif gilt.

Die Bauern stehen zwischen zwei Sonnen auf den Beinen, ochsen und gäulen wie vorzeiten; der Traktor ist ein guter Helfer, der willig an der Hand läuft und gelegentlich auch Wunder vollbringt, aber er vermag die Mühsal, die auf den menschlichen Muskeln und Sehnen lasten, nicht wirklich zu verbannen. Die Maschine, die den Menschen die Gabe der Muttererde gegen einen wundersamen Zweizeiler oder einen gekonnten Fingerdruck auf den Schoß zu legen vermöchte, muss noch erfunden werden.

Laut und feierlich beginnt der Subbotnik, der angeblich freiwillige und gerade darum unbezahlte Arbeitseinsatz. Die Straßen und Plätze, die Häuserwände und -eingänge werden um frische Losungen voller und bunter. Es ist unbekannt, ob deswegen auch der Sack der Gemeinschaft voller und die Gemüter ihrer Mitglieder heller werden. Bekannt ist aber, dass der Einsatz manch einen veranlasst, sich die Zukunft bildhaft vorzustellen. Man fühlt sich vor einen Karren gespannt, auf dem die hell strahlende Zukunft aufgeladen ist. Man hat ihn jeden Tag mit angezogen und dabei und daran seinen Lebensunterhalt verdient. Nun tut man es noch zusätzlich und obendrein unentgeltlich. Darum ist der Subbotnik für einen Teil der Menschen tatsächlich ein Fest der Arbeit. Aber die Masse ist dumpf, will und kann nicht so umständlich denken. Doch sie verfügt über einen sicheren Instinkt und weiß längst, ihre Gedanken im Versteck zu halten. So macht sie mit, ohne Begeisterung, aber auch ohne Widerstand. So eine Masse, in dem Falle zumindest, gleicht einer Ansammlung von lauter toten Seelen, und darum vermag sie keine Werte zu erschaffen.

Würde der Erfinder des Subbotnik, Genosse Lenin, an dessen Geburtstag, dem 22. April, alljährlich und hochfeierlich dieser auch eröffnet wird und sich, über alle Wochentage ausbreitend, bis zu Sommermitte hinzieht, einmal auferstehen, aufstehen und hinaustreten aus seinem Mausoleum am Kreml zu Moskau und bis zur asiatischen Hügelsteppe hinausblicken, dann würde er einen Schreck bekommen, denn sein mächtiges Hirn würde auch beim flüchtigen Blick auf das zwielichtige, erheuchelte Bild im

Lande seiner treuesten, sklavenseligen Schüler erkennen, zu was seine Idee über »Die große Initiative« degradiert worden ist: zu einer nackten, ermüdenden Pflicht.

Man verfeindet sich, ohne es selber zu wissen, mit dem Himmel, denn seine Launenausbrüche häufen sich; der Frühling, den man in der Luft gerochen hat, wird mit einem Mal zurückgestellt; tiefster Winter kehrt wieder ein.

Mensch und Tier leben laut- und lustlos mit- und nebeneinander, sie sind betrogen worden.

Mai

Die armen Affen von Poeten, auf den Gedanken gerutscht, den fremdländischen Maienpoesiegarten herüberzutragen und in die Wüsten- und Bergsteppe zu verpflanzen! Nun stehen sie verwirrt unter einem Himmel, der ihnen die Zunge hinauszustrecken scheint und sie tagtäglich mit Staubwolken überwirft: Hier habt ihr den Lohn eurer Nachäfferei!

Stunden- und tagelang brodelt und siedet über Steppe und Gebirge ein Staubmeer. Ihrer letzten Feuchtigkeit beraubt, wird die Erde spröde und unansehnlich. Ackerleute stecken mitten im Kampf, führen ein höllisch-heldisches Leben. Hirten und Herden kehren den Sandstürmen den Hintern zu und halten die Züchtigung zähneknirschend aus. Die hübschen Menschen in den Städten, die kalendermäßig federleicht und weißbunt verpackt sein wollen, haben ihre liebe, klitzekleine Not.

Zwischendurch kommen aber auch milde Stunden und Tage. Da weiß man, dass es den Frühling doch und tatsächlich gibt, für welchen die Poeten ihre Ehre aufs Spiel setzen. Er hängt jetzt in der Luft, und ein Regen wird ihn auf die Erde herunterholen. Aber wo ihn hernehmen, den Regen? Die Zauberer sind ohnmächtig außerhalb ihrer Buden.

Wie ein Beweis für die Nähe des Frühlings schwirren und girren die heimgekehrten Wandervögel in den Früh- und Abendstunden die Lüfte voll, und sie senden damit Funken auf die Gemüter der Menschen.

Der Frühling kommt schubweise auf die Erde. Die ersten Splitter lassen sich an Gewässern nieder, richten sich her, fassen Fuß. Um einen jeden Teich herum gedeiht dann der Splitter, doch ist er scheu: Kommt eine Scherbe Winter zurückgeprallt, dann weicht er ihm schleunigst aus, zieht sich ab. Aber selten flüchtet er bis hinter den Horizont. Er taucht immer und immer wieder auf, sobald die eisige Gefahr zurücktritt.

Rote Nelken, weiße Tauben und zu Fäusten geballte Hände kennzeichnen den Willen der Menschen auf der einen Seite des Kampfes, ohne den der Planet nicht zu bestehen scheint. Das zur Schau getragene Wohlwollen, Solidarität genannt, gilt jedem, der die Ketten der Unterdrückung sprengen will. Und dabei will man, dass der große Frieden erhalten bleibt. Was heißen will: Kampf ja, aber kein Ziel mehr, das um jeden Preis erkämpft werden müsste. Das droht, den kämpferisch erzogenen Geist ein wenig zu enttäuschen, beruhigt ihn am Ende irgendwie doch, da man mittlerweile einiges gehört hat von den aufgehorteten Waffen, die imstande wären, nicht nur den Verlierer, sondern auch den Sieger eines neuen Krieges mit zu vernichten.

Wann überhaupt möchte ein Mensch sterben? Wohl nimmer, und im Mai am wenigsten. Nicht mit Blumenduft, und nicht mit Staubgeruch. Er will etwas dafür tun, dass ihm das Leben für möglichst lange gesichert ist. Und dies macht den mageren Monat zu einem vollblütigen Glied des Jahres.

Juni

Die große Erwartung, die kleine Hoffnung, längst zu einer Sucht gesteigert, wird endlich erfüllt. Um den zehnten gehen ein paar Tropfen nieder! Sie sind zwar jämmerlich knapp gewesen und im Galopp vorübergezogen, doch was macht das: Der Niederschlag ist nicht ganz ausgeblieben, hat sich doch noch gemeldet, und die mörderische Dürremauer ist immerhin angetastet worden! Tatsächlich, den Erstlingsspritzern folgen weitere, sie fallen immer üppiger aus und feuchten das verdorrte Antlitz der Erdmutter da und dort an. Doch da die Luft tags glühen und sieden muss, kann sie die Nässe nur nachts durchlassen, sodass sich daran außer Herden, Hirten und Nachtwächtern keiner so richtig zu laben vermag.

Morgens dampfen die Herden mit den Bergen und der Steppe, die Hirten gehen wie traumwandelnd umher, und die Nachtwächter sind nicht mehr so mürrisch. Auf die wetterharten Gesichter der Menschen hat sich ein Mildehauch niedergelassen. Änderungen gehen vor sich, alles zum Besseren hin. Mauern im und um den Menschen herum fallen, Eisschuppen über Leber und Nieren zerbersten, lösen sich ab und auf. Die Städter gehen festeren Schrittes ihren Geschäften nach, und von den Schlangen in den Kaufläden geht weniger Gezänk aus. Obwohl immer noch mehr Autogehupe als Mädchengekicher zu hören ist, man ist geneigt, dem Tag, der sich über den Straßen hinzieht, einen Wohlklang abzulauschen. Der Mensch, längst müde- und mürbeverpackt, darf sich endlich wieder abpellen. So lebt es sich leichter.

Was der Kalender lange versprochen gehabt, geschieht endlich: Es grünt ringsum, und das salbige und saftige Grün wird wenig später auch noch mit den ersten hauchzarten, perlenbunten Blümchen übersät. Der Sommer hört auf, nur in der Erinnerung zu existieren. Die Hitze drückt freilich oft viel zu sehr, aber man ist bereit, alles in Kauf zu nehmen, schon wegen der Abende, die sich fast in die Unendlichkeit hinziehen. Und da ist schwer zu glauben, dass es den Winter, das Frühjahr, die vielen Monate und Wochen mit ihren lebensfeindlichen Tagen und Nächten gegeben hat und dass man so unausweichlich dem Altern, dem Vergehen ausgesetzt war. Man fühlt sich mit einem Mal entschädigt für alles Ungerechte, das einem angetan war, glaubt sich gern Arm in Arm mit Wachsen und Werden, das, letzten Endes, doch über Welken und Sterben stünde. Man spürt in sich die gehende Jugend und das kommende Alter haltmachen.

Von großer Höhe blinken die Sterne herab, die man irgendwann gekannt und für seine Nächsten gehalten hat. Sie scheinen einen mit ihren wunderbar weichen Lichtern zu bestreicheln und jedem einzuflüstern: Es ist nun alles, alles wieder gut ...

Juli

Viele Tage hintereinander brennt die Sonne wie ein vergessenes, auf Unheil versessenes Feuer. Sie versengt und verdörrt das so wertvolle Grün, das der kleinen Gabe des knausrigen, altersschwierigen Vaters gefolgt war. Mit den dahinwelkenden Gräsern, Blumen und Blättern scheint einem auch die eben erst verjüngte und erweichte Seele wieder zu altern und zu verhärten.

Ein staubig-schwüler, schwer drückender Sommer hängt überm Land. Nicht mehr überzeugend und darum eher ermüdend als ermunternd hört sich das Vogelgezwitscher in den Morgenstunden an. Dem Gezirpe der Grashüpfer, das gegen Mittag einem Alarmsignal gleicht, scheint dagegen so viel Natürlichkeit und Macht innezuwohnen, dass man unwillkürlich denken muss, es wird am Anfang allen Lebens und Webens auf Gottes Erde schon da gewesen sein …

Schreiender Widersinn: Dieser Monat ist in unserer Vorstellung immer noch das Sinnbild für den tropf-grünen Sommer geblieben, obwohl er uns Jahr für Jahr betrogen hat hinsichtlich seines sagenumwobenen, vorgeschichtlichen und nie bewiesenen Ruhmes. Ob es diesmal reicht und die Menschen demnächst endlich klüger werden? Ach, nein: Der krankhafte Julikult wird fortbestehen, und die Städter werden abermals alles daransetzen, um im eingebildeten Hochsommer, nur da und nicht früher und nicht später, in Urlaub zu gehen! Denn es ist nicht eine Sache des Verstandes, sondern eine Gewohnheit, hinter welcher ursprünglich das Geltungsbedürfnis gesteckt hat. Und wenn es um diese beiden: die Gewohnheit und das Geltungsbedürfnis, geht, kann selbst der erwachsene und erfahrene Mensch im Handumdrehen unvernünftig werden.

Wie auch immer, die kämpferisch erzogene und dafür auch bezahlte Elite des Staates geht sozusagen mit gezücktem Schwert auf die widrigen Umstände los. Zieht positive Bilanzen, sagt Feste an und gibt zu verstehen, die Zukunft hänge davon ab, wie jene gefeiert werden. Der Juli ist der Monat der Feiern. Die Regierung stößt die Tür auf, geht mit Beispiel voran: Am 11. wird der Gründungstag des Staates landesweit gefeiert, und der Taumel dehnt sich auf den nächsten und dann auch noch übernächsten Tag aus. Dem schließen sich schnell andere Feste an, die Entscheidung liegt jetzt auf den nächstniedrigeren Machtebenen: dem Vorstand der Bezirke, der Kreise, der einzelnen Zweige der Volkswirtschaft.

Es gibt endlos viele Feste. Das werktätige Volk darf in Glück und Wohlstand schwelgen. Berge von Fleisch und Meere von Schnaps dürfen vertilgt werden. Es sieht so aus, als hätte die all-einzig weise und von allen geliebte Partei recht: Uns geht es gut. Nur, ein jedes Fest hat seinen Träger und seine Nutznießer. Und seinen Verlierer, und das ist immer und überall der Staat, der weder reich noch mächtig ist, aber reich und mächtig tun muss, um glaubwürdig zu erscheinen. Weitere Schulden müssen gemacht werden, die von den vielleicht wirklich reichen und wirklich mächtigen Brüdern erst einmal gewährt und eines Tages hoffentlich außer Kraft gesetzt werden.

August

Die Feste dauern an. Und die Festenden müssen über der Fleischschüssel und dem Schnapsbecher wahrnehmen: Der Herbst ist da. Er ist eine durch und durch neue Jahreszeit. Denn er bricht nass an. Es ist mit einem Mal, als wenn eine Panne passiert, durch den Himmelsdeckel eine Bresche geschlagen wäre: Herabstürzende Wasserfluten lassen die ausgedörrte, abgemagerte Erde schnell unter Wasser verschwinden, und dem folgt dann endlich ein richtiger, zäher Regen, der mal gießt und mal sprüht. Und dieser dauert dann mit winzigen Unterbrechungen den ganzen Monat.

Wasser überall. Nur wozu jetzt? Es ist jetzt kein belebendes mehr, sondern ein vernichtendes Element. Kränkung beschleicht die menschliche Brust. Dennoch, Wasser und Sonne, diese Urelemente beweisen ihre vereinte Allmacht auch bei einer so verspäteten Ehe: Die Erde kommt erneut ins Grünen und Blühen. Die schon vergilbten Wälder bekommen einen dunkleren Anstrich. Auch die Steppe, über Nacht dunkler und voller geworden, verschwindet in Blumen. Fremde, die um diese Zeit ins Land kommen, halten das Edelweiß, das zu Millionen, Stängel an Stängel, aneinander steht, blüht und die Erdfarbe bestimmt, für weiße Steine.

Es wird unter, auf und über der Erde auf den Winter hingearbeitet. Jedes Lebewesen ist auf einen Vorrat aus. Das Murmeltier hat nicht weniger Recht und Lust auf das Leben und ist auch nicht weniger fleißig als der Jäger, aber es ist immer noch nicht so schlau wie jener, und das ist der

Grund für sein Pech, das es, wenn nicht schon dieses, so doch eines der nächsten Male ereilen wird. Die Kinder und die Eichhörnchen sind gleich flink und scharf auf Zirbelnüsse, es ist, als ob sie untereinander um die Wette arbeiteten. Aber am wesentlichsten ist wie eh und denn der Fleiß des Hirtenvolkes, das immer noch leicht träge erscheint und scheinbar nicht für sich, sondern für andere, die Viehherden, arbeitet.

Es ist, als sprühten die Herzen angesichts des reifenden Grases Funken, und der Duft des ersten Heus entfacht sie zu Flammen, die aufeinander übergreifen. Und es kommt schnell zu einem Brand hinter so manchem Brustbein, den allein die Liebe, indem sie der herbeieilenden Feuersbrunst entgegenwütet, zu löschen vermag. So viele Liebestrunkenheit wie in den lauen Abenden und kühlen Nächten des späten August gibt es wohl zu keiner anderen Jahreszeit.

Studentische Heubrigaden gleichen literarischen Zirkeln – der Vers, der vor Tau und Tag fällt und von einem Zelt zum nächsten eilt, zieht den Gegenvers, dieser den nächsten nach sich, und schnell wird in Versen geredet. Der Verfechter der Lehre über die Literatur und Kunst als eine Angelegenheit des ganzen Volkes darf frohlocken. Aber weiß er auch, dass zu jeder Zunge, die in Versen redet, auch eine vor lauter Liebe brennende Brust gehört? Der angestrebten kristallklaren sozialistischen Moral dürfte solches nicht besonders förderlich sein. Ideologische Wächter oder Anhänger anderen Unglaubens dürfen dahinter gerne ein Liebeskraut vermuten, das in den Kessel gekommen und so zu allen gelangt sein könnte. Wir aber wissen, es ist der August mit seinem Heuduft.

September

Das Wasserbecken hinter den Lüften scheint sich entleert zu haben, und die Sonne bleibt für viele Tage allein und wandert ungestört auf ihrer Himmelsbahn. Nicht nur die Erde, auch der ganze Raum um und über ihr gewinnt an Farben. Das Blau, welches das Firmament füllt und auf die Erde herniederflutet, reizt und beruhigt die Sinne gleichzeitig. An den Wolken, die in den Abendstunden aufkommen, klebt kein Hauch Dunkelheit, im Gegenteil, sie entströmen in allen ihren Farbschattierungen Licht, Licht und wieder Licht. Die Grenzstriche treten schärfer hervor.

Die Welt, voller denn je, kommt einem dennoch geräumig und übersichtlich vor. Die Luft ist voller Klänge. Das kommt von den Kindern, die, wieder in Schulen und Klassen, dann und wann die Stadtgeräusche übertönen, den Mähdreschern, die auf den Erntefeldern die dunkelste Nacht in helllichten Tag verwandeln, und von den Vögeln, die aus den Winden, dem Gras und dem Stein lärmen und sich anschicken, den Fleck Erde, der ihnen zum Leben verholfen hat, zu wechseln, was die Poeten des Heimatlandes erschüttert und veranlasst, ihre Kunst um neue Wendungen zu bereichern.

Viele Wegabzweigungen im Leben gehen vom September aus. Junge Menschen betreten fremdes Gelände und versuchen, dort Fuß zu fassen. Der Raureif, den brechend man jedes Mal mit dem jungen Tag anbrechen und zähmen muss, vermag das Heimweh, das in der Brust haust, gärt und sich in alle Richtungen hin durch den Körper vorfrisst, nicht nur abzukühlen und zu bändigen, er verleiht ihm mit seinem Geknirsch und Geknister noch Schwung, er wühlt darin und lässt es aufblitzen, -flammen und -lodern. Der Vorschnee und das Voreis des Winters, wenn es einmal besonders dick und fest und weiß daliegt, beginnt unter den Sohlen zu singen und zu weinen. In solchen Stunden werden viele Gedichte geboren.

Selbst eine flatterhafte, flammende Seele kann zur Stunde des berstenden und schreienden Raureifes nie ganz so heiter sein wie sonst, aber ernstlich traurig kann sie auch nicht werden, denn es ist die Zeit der Selbstbesinnung und des Schaffens: Ein jeder, wo auch immer, steht mit allen Sinnen dem eigenen Kern zugekehrt, weiß von den brodelnden Kräften, und so packt er zu und fängt zu schaffen an. Einer, der im September müßig umherschlendert, der ist der Welt überflüssig und darf gänzlich fehlen, über den darf sich der Staub des Vergessens legen.

Oktober

Niemals ist die Seele der Gefahr, der Unbeständigkeit nachzugeben, so hilflos ausgesetzt wie jetzt. Der ganze Monat ist ein Zwischending, ein Mischmasch, ein Hin und Her. Gestern strahlte der Himmel voller Sonne, war still und schien auf die Seele Hauch um Hauch Friedlichkeit einzutröpfeln, heute schielt er schrei-grau, zeigt sich erregt und gleicht einem Wesen, das keinen Ausweg mehr weiß und sich verloren wähnt. Wer aber deswegen meint, es sei der Lauf der Dinge, und es gehe unaufhaltsam auf den Winter zu, der irrt sich schwer, denn schon morgen kann es wieder anders werden, ja, etwas Unvorausgeahntes, Unverhofftes kann geschehen, so, wie man den Monat neuerdings kennt. Es ist, als ob sich der Oktober verlaufen hätte, auf diesen oder jenen Pfad spränge, doch ihn jedes Mal dann gleich wieder aufgäbe, um in Hast weiter nach dem Wege zu suchen, den er zu gehen habe.

Das Leben lässt sich davon aber nicht irreführen. Es geht, allmächtig und eillos seinen ehernen Gang, wie ein Strom sein Wasser entlang des Bettes führt. So mancher Versuch, dem Leben an die Hand zu gehen und ihr die Zügel zu entreißen, endet kümmerlich. Das Letzte, was der Mensch der Erde abzulisten vermag, das Getreide, kommt unter Dach und Fach. Die Hirten dringen mit ihren Herden noch weiter in die Öden der Berge und Steppen vor. Die Pläne beginnen von ihrer Macht zu verlieren. Hatten die Genossen Vorgesetzten dem wirkenden und werkenden Volk vorher die erhobenen, prallen Staatsfäuste vorgeschwenkt und versucht, es voranzutreiben mit Peitschen, die sie haben oder auch nicht haben – nun stehen sie mit hängenden Schultern da und warten erst einmal ab. Sie wissen, mehr ist nicht herauszuquetschen, denn was nun geschieht, liegt nicht mehr in der Gewalt der Menschen.

Dafür wird jetzt etwas anderes umso lauter benannt und eifriger beschworen: die Freundschaft. Das ist der Schlüssel für die Außentür. Die Tür der menschlichen Jurten ist auf den Süden, die der Staatsjurte aber ist auf den Norden gerichtet. Im Süden ist die Mittagssonne, im Norden die Sowjetunion, die nicht nur einen der beiden Nachbarn, sondern die Außenwelt schlechthin darstellt. Die

Beziehung zu ihr, heißt es, sei uns eine Sache des Herzens. Tatsächlich, die vorne auf dem Staatskarren sitzen, geben sich Mühe, machen es sich schwerer, als die Sache selber ist: Sie suchen nach immer schöneren, edleren Ausdrücken, die tauglich wären, um am Wortgebäude der Freundschaft Verwendung zu finden. Selbst das Wort »Freundschaft« erscheint ihnen nicht edel und stark genug, um das auszudrücken, was uns mit dem nördlichen Nachbarn verbindet. »Bund« wäre da schon besser, noch besser aber: »Bruderbund«. Wehe dem, der einfältig sagt: »der Russe« – der ist längst zum »großen Bruder« gesteigert. Ärgerlich, dass man zu der weiblichen Hälfte der Menschen drüben nicht einfach auch *die große Schwester* sagen kann.

»Der Monat der mongolisch-sowjetischen Freundschaft« wird am 5. feierlich eröffnet, worauf vierunddreißig Tage und Nächte lang bis zum gewaltigen Abschluss am 7. November an der »ewigen«, »unverbrüchlichen«, »stahlfesten«, »kristallklaren« Freundschaft weiter poliert wird. Eine keinesfalls schwere, dafür aber sehr angenehme Aufgabe für alle Beteiligten. Denn die Weitersäuberung und -festigung des ohnehin Sauberen und Festen ist eine Arbeit, die in blitzblanken Sälen, Sternehotels und makellosen Autos stattfindet und mit Essen, Getränken und Geschenken verbunden ist.

Dennoch wäre es schön, wenn zwei benachbarte Völker echte Vorlieben zueinander hegen könnten und diese Gefühle witterungsunabhängig wären!

November

Der in manchen Erdteilen als trüb und nasskalt verschriene und gefürchtete Monat ist über diesem Fleck der runden Erde ein recht heller und auch sonst erträglicher. Mit dem ersten bleibenden Schnee erhellen sich die Welt und die Seelen. Unsere Erdmutter ist mittlerweile so verschrammt und zerkratzt, dass ihre Nacktheit auf Aug und Seele längst ermüdend wirkt. Der Schnee ist die Hülle, die ihre Blöße bedeckt.

Die Schwankungen sind überwunden, und die Ankunft des Winters ist zur Gewissheit geworden. Wieder schlägt das Herz ruhig in der Brust, bewusst der Geduld, die aufgebracht werden muss. Man steht besonnen und fest auf der Erde, ist bereit, alles, was auch kommen mag, hinzunehmen. Selbst bei sehr geschwätzig geratenen Geschöpfen treten Augenblicke ein, da ihnen das Mundwerk stillsteht und dafür der Verstand den Dienst wieder aufnimmt.

Die ersten Fröste treffen ein, Peitschenhieben gleich auf die, die auf den Winter nicht genug vorbereitet dastehen. Die Städte scheinen mit ihren Vorzügen dem Land gegenüber mächtig zu protzen. Aber es sind gar nicht die Städte selber, die sich über das bisschen vermauertes und verdecktes Leben großtun – es sind vielmehr die Menschen, dumme Menschen, die fleißig verbrauchen, ohne einen Gedanken darüber, wo das Fleisch, das Mehl, die Milch und alles andere herkommt, was einen tagtäglich am Leben erhält. Die Ausflügler kommen zurückgeflüchtet, sich schüttelnd, wenn sie vom Land erzählen, und süß und breit lächelnd, wenn sie wissen, sie sind in ihrem Versteck vor dem Winter angekommen.

Das Landvolk bleibt sattelfest bei seinem Schicksal. Es beneidet keinen, es fürchtet nichts. Vor allem weiß es, der grimmigen Jahreszeit, die mit aller ihrer rauen Macht hereinbricht, Glanz abzugewinnen. Hat die Jurte an den knappen Abenden bisher nach Müßiggang gestarrt, sind es nun die Epen, die sie in der schier endlosen Länge des stummen Kampfes gegen die Kälte füllen und wärmen. In den verschneiten, knisternden Nächten im Flackerschein der Brände auf fernen Sternen erinnert das menschliche Nest sehr an einen Recken, der über das Leben Wache hält, und die Herde nebenan gleicht dem Heer, das jenes mit wachem, wissendem Blick umgibt.

Dezember

Die Menschen, die sich erwachsen, gar alt wähnen, sind doch Kinder, die nicht nur den Tag, sondern auch das Jahr verspielt haben. Das merken sie erst jetzt, merken, dass das Jahr zum Ziel trabt. Nur wirkt die Entdeckung auf die Einzelnen recht unterschiedlich. Der eine schaut hier und dort nach und macht Lücken ausfindig, die noch schnell geschlossen werden sollen. Dann hastet er, gestrafften Leibes und gesammelten Verstandes, von einer Lücke zur nächsten. Wir wissen, er wird, zwar nicht alles, so doch einiges noch schaffen.

Der andere ist von der Entdeckung so verschüchtert, dass er sich gleich geschlagen gibt. Er meint, es sei für dieses Mal sowieso zu spät, und er wolle es der Ordnung zuliebe nächstes Mal vom Anfang an besser machen. Schenkt man ihm Glauben, so darf man annehmen, dass unserem Planeten eine Massengeburt von ordentlichen und darum auch erfolgreichen Wesen bevorsteht. Doch wir wissen, wie es um die Geschichte bestellt ist, so weit wird es nicht kommen.

Dann gibt es auch eine dritte Art von Menschen. Für solche ist die Entdeckung keine gewesen. Denn so einer hat das Jahr, noch bevor es bei ihm ankam, vorweg in den Kopf eingetrieben und eingesperrt und in Monate, Wochen, Tage und Stunden zerlegt, wie den Körper eines geschlachteten Tieres. Darum empfindet er jetzt weder Hast noch Schreck. Sein Puls schlägt um keinen Deut schneller als vor elf Monaten, er weiß den Tag, der nun dran ist, zu bändigen und ihm das Fleisch, die Brühe und das Mark abzugewinnen. Diesem Menschen sieht man an, dass es ihm gut geht. Wohl deswegen, er steht im Mittelpunkt der öffentlichen Aufmerksamkeit, und um ihn herum werden Pläne geschmiedet.

Ja, der Dezember ist der Monat der Pläne. Je weniger Tage vom Jahr übrig bleiben, umso knapper fallen die Familienabende aus: Die Städter, die zur Sesshaftigkeit zusammengetriebene Bevölkerung auf dem Lande im Rücken, färben Papiere, schneiden Figürchen daraus und leimen sie zusammen, für das Silvester, das die Propagandamaschine des Staates als die Gipfelhöhe des Jahres anpreist und in die Hirnrillen der Menschen eintrichtert. Die Erwachsenen leimen in Gedanken an Plänen, nach welchen sie ab bald leben und werken wollen. Ein jeder fertigt sich mit einem Plan einen Ausweis zum neuen Jahr an. Der Winter hämmert, einer allgegenwärtigen Faust gleich, auf Mensch und Tier ein. Der Erstere versucht, sich hinter seinem zukunftsschwangeren Plan, dem selbst geschmiedeten Panzer, zu verstecken. Das Letztere hat nichts vorzuweisen – oder doch: Es stellt sich mit allen seinen Sinnen auf das Überleben ein.

Agiro und das große Blau

Dem Sängerknaben Robertino Loretti,
dem Idol meiner Kindheit

I

Agiro sagte seinen Namen noch einmal. Es war, als ob der Lautkörper, in der Mitte stark ausgedehnt, nicht aus der Kehle, sondern aus der Tiefe der schmalen Brust des lumpigen Knaben mit dem Zauskopf und den wetterrissigen Füßen heraufstiege und bis in alle Weiten der grünbunten Erde und die Höhen des spiegelklaren Himmels darüber hinausklänge. So kam es zumindest dem jungen Herrn vor. Und der Gedanke, der hinter seiner mondstillen Stirne jäh aufgezuckt hatte, leuchtete von Neuem, nun länger und heller, und verband sich mit einem weiteren. Dabei glaubte er den Jüngling schon auf der Bühne in Frack und Hemd mit Fliege, in stechendem Schwarz-Weiß unter staubendem Lichttrichter zu sehen und die klebrige Hitze eines überfüllten Konzertsaales zu spüren. Die Stimme versprach viel.

Währenddessen stand Agiro, aufgetan und vertrauensselig, vor ihm, bereit, den Namen auch ein drittes Mal aufzusagen. Doch er brauchte es nicht, denn der junge Herr hielt ihm nun eine Schachtel vor, aus der Zigaretten mit goldgelben Schwänzen herauslugten: »Lass uns auf unsere

Bekanntschaft eine rauchen, mein Kind!« Agiro war entzückt: Sein Kind nannte man ihn? Dabei schätzte er ihn höchstens um sieben, acht Jahre älter als er selber. Seine Wangen waren rosig, wirkten zart, und das Gesicht hatte an keinem Ende von der kindlichen Rundheit etwas verloren. Nur die Stirne, die wirkte still und kühl wie der Mond.

Unbekannte, aber durchaus angenehme Düfte umwehten Agiros Nase. Und wie seltsam, wie gut der Rauch schmeckte, der sich auf der Zunge kühl und prickelnd anfühlte! »Wir haben Bessere gehabt, sie sind aber ausgegangen, da wir uns schon eine ganze Woche in dieser gottverlassenen Gegend herumtreiben«, sagte der junge Herr hüstelnd. Er sagte es offensichtlich als Entschuldigung. Doch die Gabe war wunderbar, wirkte betörend und berauschend.

Agiros Augen suchten nach dem Rest des Wir und entdeckten ein hochrädriges, silberhelles Auto im Schatten einer Pappel stehen. Die Spitze des Schattens lag, ihm ganz nahe, zitternd auf der Wiese, schien sich nach seinen lehmverschmierten Zehen auszustrecken. Hinter der verdunkelten Glasscheibe glaubte er zwei, drei Gesichter auszumachen. Er wunderte sich sehr darüber, wieso er nichts vom heranfahrenden Fahrzeug und dessen auffliegender und wieder zuschlagender Tür gehört hatte. Mit einem Mal hat er den jungen Herrn vor sich stehen sehen. Und da hat er, zusammenfahrend, die Stimme schnell verschluckt, und es ist ihm sterbenspeinlich gewesen. Hoffentlich ist, was er gerade gesungen hat, nichts Unanständiges gewesen, und es hat einigermaßen ordentlich geklungen?

Jetzt aber empfand er Dankbarkeit dem Menschen gegenüber, der seinetwegen gehalten, sich mit seinen Leuten den Gesang eines armen Schafhirten angehört und zum Schluss es auf sich genommen hatte, aus dem Auto auszusteigen, hierher zu kommen, mit ihm ein paar Worte zu wechseln und nun ihm sogar eine Zigarette anzubieten. »Ich habe bestimmt nicht gut, das heißt sehr schlecht gesungen, sollten Sie zugehört haben«, sprach Agiro unsicher, den Blick auf die Pappelspitze gerichtet. Die Worte sollten seine Dankbarkeit ausdrücken.

Der junge Herr legte ihm die Hand auf die Schulter und sagte: »So schlecht war es doch gar nicht. Wir meinen sogar, wir könnten versuchen, aus dir einen richtigen Sänger zu machen.«

Agiro erschrak. Da drückte die Hand auf der Schulter noch schwerer: »Es ist ernst gemeint. Du wirst in die große Stadt kommen und ein gutes Leben führen ...«

Der Mensch sagte noch mehr, nur vermochte der barfüßige Schafhirt nicht allem zu folgen. Ihm schwindelte es von den Worten »große Stadt« und »gutes Leben«. In seinem Hirn erweckten sie gleißende Bilder, vertraut von Filmen her, und entfachten die angestaute Sehnsucht nach Reichtum und Vornehmheit. Er sah sich schon in einem eng anliegenden, wasserblauen Anzug und seine Füße in ebenso blauen, spachtelschmalen Schuhen ... Zwischen dem Zeige- und Mittelfinger seiner Linken ruhte dieselbe goldschwänzige Zigarette, aus der, einem hauchdünnen Seidenband gleich, Rauch hochschlängelte ... Dabei schwebte sein Blick wohl aus dem zehnten oder zwanzigsten Stockwerk eines Wolkenkratzers über die Stadt, weit über dem rauschenden und strömenden Verkehr greller, kantiger Autos entlang der Schluchtsohlen mit den weißbunten Rändern, besät mit lauter schmucken, glücklichen Menschen.

Dann erblickte er vor sich ein Blatt Papier. Der junge Herr hielt es ihm hin. Agiro erschrak erneut, arg diesmal. Der junge Herr drückte ihn leicht an sich, schüttelte mitleidig den Kopf und sagte leise, doch gut hörbar: »Ach, du kannst wohl nicht lesen und schreiben? Armes Kind! Das werden wir aber bald ändern, ja? Nur muss dafür das Blatt unterschrieben sein. Nun, macht nichts. Ich werde es für dich ausfüllen. Und unterschreiben wirst du es schon können, ich werde es auch tun. Doch, bitte, nicht mit Agiro. Was zum Schafehüten gut genug gewesen ist, passt nicht zu dem, was ich mit dir vorhabe. Yanare wirst du ab nun heißen, und Roletti noch dazu. Ja, Yanare Roletti – dem ich in dieser Minute zur Geburt verhelfe und im nächsten Zug auch zum Ruhm und Reichtum!«

Erneut vermochte ihm der Schafhirt kaum zu folgen, blieb jedoch vertrauensselig. So ging er willig daran, die Buchstaben nachzumalen, die ihm vorgeschrieben wurden. Das Hinzeichnen der vielen Kurven und Geraden fiel ihm schwer. Der junge Herr stand über ihn gebeugt, und seine Zehen in den spitzen blauen Schuhen würmelten sich vor Ungeduld. Als die mühselige Arbeit endlich getan war, drückte er den Gepeinigten und nun endlich Erleichterten fest an sich und ließ ihn hören: »So, bald wird die Welt von dem Gespann Roletti und Masketti was hören!«

Agiro blickte verwirrt auf die Herde, die zwischen den Pappelschatten graste. Maskettis Zehen hinter den blauen Schuhspitzen würmelten sich erneut, und sein schönes, jungenhaftes Gesicht wirkte mit einem Mal um zehn oder noch mehr Jahre älter. »In drei Tagen am frühen Morgen wirst du an dieser Stelle abgeholt. Bis dahin musst du den Dreck loswerden. Schaffst du das, Yanare Roletti?«

Agiro nickte stumm mit dem Kopf. Das Alter auf Maskettis Gesicht entschwand. Dafür wurde die Schachtel mit den goldstieligen Zigaretten erneut sichtbar. Der Hirte dachte, er würde wieder eine angeboten bekommen, hörte darauf aber, die vorhin wäre seine letzte gewesen, die Stimme des Sängers müsse geschützt werden. »Du hast es unterschrieben, Yanare Roletti!«

Während Masketti der Schachtel eine entnahm, sie sich anzündete und daraus die ersten gierigen Züge machte, sah ihm Agiro zu, wie gebannt. Da sah er hinter den Rauchringeln die Zigarette mit dem goldgelben Schwanz seinen eigenen Fingern entgleiten. Doch er sah sich selber immer noch wasserblau bekleidet, ganz wie Masketti, und aus einem Hochhaus, das er in Filmen gesehen hatte, heraushängen, die ebenso fremde, vornehme Stadt, die Welt sich zu Füßen, weit unten. Dann spürte er den kräftigen Händedruck und sah den lächelnden Mundwinkel. Er begriff nichts oder begriff so viel: Es war etwas geschehen um ihn.

2

Das Blau lag dicht und lastete schwer über der großen Stadt, die einen rumorenden, unersättlichen und aus vielen Fetzen zusammengeflickten Bauch zu haben schien. Agiro schwebte nicht aus dem zwanzigsten Stockwerk wasserblau ins Freie. Er ging die sechs Treppen hinauf und hinunter, zwischen der Dachstube, wo das schmale Stahlbett stand, in dem er nachts schlief, und dem Kellerraum, in dem er für die Tagesstunden verschwand. Es war ein altersschäbiges, eher niedriges als hohes Haus, das sich zu verlieren schien in einer der zahllos vielen Hintertaschen der Stadt. Der Name Yanare Roletti dagegen war längst unterwegs zu den Ohren und Augen der Menschen, war dabei, die Stadtwelt zu erobern: Er füllte die Anschlagtafeln, schwappte ein oder anderes Mal auch auf eine Zeitung oder Zeitschrift über und sickerte immer wieder in den Rundfunk durch. Nur das Fernsehen stand noch aus. Doch das geschah aus Überlegung, das war in Vorbereitung; käme der richtige Zeitpunkt, würde er auch dorthin einbrechen – war der Name mit seinem Träger dort angekommen, waren die Würfel gefallen.

Agiro sang. Er sang unter dem Abrichtestock, und er sang unter dem Beifallsregen. Tags sang er für den Abrichter, abends sang er für das Publikum. Masketti war nur selten zu sehen. Sobald er sich zeigte, ließ die Härte des Abrichtestockes merklich nach. Da füllte sich die Brust des Gepeinigten mit rührender Wärme, so wie bei einem Hund die Gegenwart des Herrchens oder Frauchens die Not zu mildern vermochte. Und abends nahm Masketti seinen Platz im hintersten Logenbogen ein, mit dem Überblick über die ganze Saalweite.

Agiro sang lieber auf der Bühne, da sang er mit Hingabe und ohne Angst, inmitten des Singens unterbrochen zu werden. Danach hielt er den schmalen Knabenschädel gehorsam und geduldig unter dem Beifallsregen hin, der ab und an auch zu einem Beifallssturm anwuchs. Da entflammte in ihm das Freudenfeuer, er spürte das Glück greifbar nah und schmerzend deutlich und lebte dabei in einem Schwebezustand. Was jedes Mal in Dankbarkeit, ja, in einer unbeschreiblichen und unendlichen Dankbarkeit endete, die Masketti galt und auch den Herrschaften, die so gütig seinen Gesang anhörten und ihm dafür auch noch Beifall spendeten. Wenn das Beifallsgetöse endlich abzuflauen schien, hob er den Kopf vorsichtig und schaute mit feuchten Wimpern auf Masketti und das Publikum: die Herren, deren vornehme, zumeist lichte Häupter über den glatten, grellen Kragen ruhten, und die Damen, deren schöne Leiber hinter den hauchdünnen, luftigen Kleidern glühten – da war wieder jenes Bild, das der Name der großen Stadt in seinem Hirn ausgelöst hatte und das er in dem Hinterhof eben dieser Stadt so sehr vermisste.

Ja, er lebte schwer, von der Müdigkeit geplagt. Spürte sie besonders hart nach so einem Auftritt, wenn er auf dem Weg nach dem Haus war, wo seine nächtliche Bleibe war und der Keller auch, der ihn den ganzen morgigen Tag, die vielen langen Tage bis zum nächsten Auftritt vor der Welt versteckt hielt. Der Abrichter pflegte zu tun, als hätte er von dem Beifall nichts gemerkt. Für ihn schien sein Zögling weiterhin der Tölpel zu bleiben, der er einmal bestimmt auch gewesen. So ging die Schulung Morgen für Morgen mit unverminderter Härte weiter.

Der Nachhauseweg nach dem Auftritt war für Agiro deshalb, trotz der Müdigkeit, die er bis ins Mark in den Knochen spürte, eine angenehme Erholung. Daher ging er langsam, ganz gegen die Sitten, die ringsum herrschten. Am liebsten hätte er sich auf eine der spärlichen Wiesen an den Straßenrändern hingelegt und wäre gleich eingeschlafen. Doch es ging so nicht, er musste die Regeln der Stadtwelt befolgen.

Agiro wusste nicht, dass er auf diesem seinem Weg schon lange erwartet und begleitet wurde. Die das tat, war auch fast noch ein Kind, scheu und unerfahren, jedoch umso mehr entschlossen, dem sichtlich Ahnungslosen über sich selber, dem Verlorenen in der knallvollen Stadtwelt mütterlich nah zu sein und bei Notwendigkeit beizustehen. Sie folgte ihm unentdeckt auf den Fersen, und viele Male geschah, dass er sich gebärdete, ihre Nähe zu bemerken, worauf sie, ein Lichtstrahl, ins Licht und, ein Schattenhauch, in den Schatten verfloss.

Dann aber, ein eiliges, heiliges Mal, wurde sie doch entdeckt – sie hielt es wohl nicht mehr aus, nur Lichtstrahl und Schattenhauch zu bleiben. Denn sie flüsterte ihm auf seine Frage, ob sie etwas von ihm wolle, leidenschaftlich, wie gebetet, heraus: »O Yanare, oglu meni – o Yanare, mein Junge!«

Agiro schaute in das große, dunkle Augenpaar und erblickte einen Lichtstrahl, der ihn körperhaft traf. Und er stutzte: Er kannte sie nicht und kannte sie doch – in einem der Vorleben hat ihm dieses schmale Gesicht mit den glühenden Wangen und den flammenden und lodernden Augen doch selber gehört! Also erkannte er es, erkannte sie …

Silbern begoss der Mond die beiden. Stumm und blau spannte sich dahinter der Himmel, trotz der Lichter und der Finsternisse darüber. Die wenigen Sterne, die sich gegen die Störungen auf Erden zu behaupten vermochten, glommen zahm und schienen den Atem anzuhalten. Sie hieß Nergi. Als er es erfuhr, musste er lächeln: Welcher Unsinn, so, wie sie mich vorhin genannt hat ...

Während er das dachte, glaubte er seine eigene Stimme zu hören, die sang: O mire, yolore dura seni – o Liebe, wenn du nicht wärest ...

3

Das Himmelsblau dauerte an, trotz des ständigen und vielfachen Lagenwechsels der Erdkugel und der anderen Gestirne zueinander, und reichte bis über die kleine, große Stadtwelt hinunter. Und es zog und hob an und drückte – drückte wohl schwer auf sie und ein jedes ihrer Teilchen. Da ließ sich vieles verhüllen und verbergen, nur die Liebe nicht. Sie glich einem Ziegenhorn, und die Stadt war ein Sack. Und Masketti hatte scharfe Augen.

»Was machst du, Yanare Roletti, wenn die Vorstellung zu Ende geht?«, fragte der Besitzer seinen Fund einmal. Das war nicht geblitzt, nicht gedonnert, war fast nur geflüstert. Doch darauf sah er ihn an, stumm, und das hatte die Macht, den Gefragten erschauern zu lassen.

Agiro stammelte dies und jenes, aber mit dem Ergebnis: Er war ertappt. Der Gönner, der auch Besitzer war, sah sich bestätigt in seinem Verdacht, gebärdete sich zufrieden und sprach leise, wie nebensächlich: »Übermorgen um elf Uhr kann die Kleine zu mir kommen.« Er sagte nicht »muss«, nicht »soll«, sondern »kann«. Und nicht sofort, nicht morgen, nein, erst übermorgen und zu der bestimmten Uhrzeit, nicht vorher und auch nicht später. Mittlerweile wusste Agiro, wer er selber und wer sein Besitzer war und vor allem, welchen Sinn das Blatt Papier mit dem von ihm hingemalten Zeichen enthielt.

Die Uhr über dem Haus nebenan hatte den elften Schlag noch nicht beendet, als Nergi zaghaft an die Glastür klopfte.

Masketti tat zwar überrascht, nachdem er sich endlich von der Haltung löste, die Beschäftigtsein und Unwille ausdrücken sollte, und den Kopf nach der Tür wandte. Aber sie stand zu gerade gewachsen, ihre Augen schauten zu wach her, und ihre Wangen glühten zu sehr, als dass er das vorbedachte Spiel mit ihr glatt hätte führen können. Zu lange ließ er seinen Blick auf ihr ruhen und musste dazu noch aufstehen, dummerweise. Worüber er sich vorübergehend ärgerte, so lange, bis er den kleinen Ausrutscher, wie jeder Spieler von Beruf, zu einer Geste der Freundlichkeit hatte vertuschen können. Dann wurde er umso schonungsloser und sprach rundheraus: »Yanare Roletti lebt von seiner Knabenstimme, und Sie wollen gerade diese Stimme zerstören!«

Sie versuchte, sich und ihre Gefühle mit diesem und jenem zu rechtfertigen, aber er war unbeirrbar, blieb unerschütterlich. Nannte den Vertrag, das Gesetz und die Strafen, die schnell kommen könnten.

Schließlich zeigte sich Nergi entmutigt, bat aber um eine Woche Bedenkzeit. Masketti überlegte kurz und nickte dann. Der Fund stand ohnehin unter Aufsicht, es konnte nichts passieren.

Nun verwandelte sich der Herr in einen Gastgeber, ließ Kaffee bringen. Dabei blickte er sie freundlich an und lächelte wieder und wieder, was wohl ein klug gezielter Kunstgriff war, denn je länger sie sich von dem netten, schönen Mann anlächeln ließ, spürte sie etwas in sich abbröckeln – vielleicht war schon eine Delle an dem unsichtbaren Sandhügel in ihr, eine Gruft für jenen im Entstehen? Und dies, obwohl sie auf der Hut war. In seinen Augen sah sie die Pünktchen, die sich mit jeder neuen Lächelwelle vermehrten und spitzten, den Brand. Das schürte ihre Unsicherheit, vermehrte die Angst in ihrer Brust.

Und mit einem Mal sagte sie: »Bitte, Herr, ich habe mich entschieden – wir werden die drei Jahre abwarten!« Das Lächeln um die schönen, kindhaft vollen Lippen erlosch jäh, und Masketti sagte sachlich: »Gut. Das will aber heißen, Sie werden ihn so lange nicht sehen. Die Frist hat bereits angefangen zu laufen!« Er stand auf und ging zur Tür. Sie folgte ihm.

Draußen gab er ihr die Hand: »Wenn was ist, wer weiß, dann geschieht alles über mich. Jeder andere Weg kann für ihn wie auch für Sie gefährlich werden, nachdem nun Ihr Versprechen doppelt besiegelt ist!« Bei den letzten Worten drückte seine Hand fest die ihre. Darauf lockerte sich der Druck schnell wieder. Da sah sie in seinen Augen die Flammen erneut – jetzt standen sie erstarrt, wirkten kühl.

4

Ihre Liebe war noch kein fester Zweig, geschweige denn ein Baum, der sich selber überlassen stehen und wachsen könnte. Sie war nur Tage alt, knospte erst. Konnte nicht warten, so nicht, wollte sie nicht verdorren. Das wusste sie sehr bald. Aber sie hatte Angst. Denn sie hatte genau hingehört, als Masketti die letzten Worte aussprach. Hatte dabei in seine Augen geschaut. Zweimal hatte sich die nackte, zu allem fähige Macht gezeigt. Doch wollte und konnte sie ihre Liebe auf keinen Fall verenden lassen, schon wegen Agiro nicht. Denn sie wusste um die Zartheit und Schutzbedürftigkeit seiner Seele und seines Körpers. Er brauchte ihre verstehende und fürsorgende Nähe, und dies gerade jetzt, wo er so jung und allein und hilflos dastand im knisternden, lähmenden Blickfeld eines Raubtieres mit einem längst aufgesperrten Maul.

So sehr sie ihren Geist anstrengte, sie konnte keinen Ausweg ausmachen. Es gab höchstens Ansätze, die sich bei äußerster Gunst des Schicksals zu einem Pfad austreten ließen, vielleicht. So entschied sie sich angesichts der Weglosigkeit für die Ahnung eines Pfads. Und dies im gewaltsamen Glauben an das gute Glück.

Sie ging zu Masketti. Dieser empfing sie tadellos: ohne eine Spur des Unwillens, aber auch der Leidenschaft. Nergi sagte auf, was sie unterwegs vielmals wiederholt hatte: »Ich mache Ihnen ein Angebot: Entweder werden Sie von Ihrer Forderung abrücken oder wir werden Ihnen entkommen!«

Masketti blieb ruhig, fragte dann sachlich: »War das alles?«

Sie, sichtbar verunsichert: »Ja.« Jetzt endlich reagierte er auf das, was sie Angebot genannt hatte: Er verfiel in ein Gelächter, das tief aus ihm herauszubrechen schien. Was Nergi noch mehr verunsicherte. Doch sie war nicht gewillt, es aufzugeben, und so ging sie weiter, machte den nächsten

Zug, den sie für sich so oft geübt hatte: »Und das müssen Sie so verstehen: Ich habe jemanden gefunden, der Yanare Roletti Ihnen abnehmen wird gegen weitaus günstigere Bedingungen!«

Vielleicht haute das doch hin – über sein schönes, fröhliches Gesicht huschte ein kleiner Schatten, und er hörte auch auf zu lachen. Aber mehr geschah nicht. Masketti hatte seine Fassung wieder, denn er sagte sogleich: »Das ist ein guter Vorschlag, der gefällt mir!« Dabei klang seine Stimme aufrichtig, und seinem Blick, der von ihr nicht abwich, las sie etwas Ermunterndes ab. Er stand auf, ging zu der Getränkemaschine in der Zimmerecke. Er schien den Kaffee besonders sorgfältig zuzubereiten, es dauerte diesmal länger.

Der Gastgeber brachte die gefüllten Tassen an den Tisch und fing, noch bevor er sie hinstellte, eine Geschichte zu erzählen an, die sich recht merk- und doch sehr glaubwürdig anhörte. Es ging da um seine erste körperliche Liebe mit einem Hirtenmädchen, das gerade dreizehn war, als sie einander begegneten. Er war um vier Jahre älter und wähnte sich schon erwachsen, und so machte er ihr große Versprechungen. Welche die Ärmste ihm restlos abnahm. Aber auch er selber hat nicht gedacht, er lüge, als er mit Hirngespinsten von einem späteren gemeinsamen Leben loslegte. So lagen die beiden Minderjährigen drei Nächte lang – sie konnte sich nur nachts herüberstehlen, und er lungerte herum, um den Tag totzuschlagen – in einem Heuschober am Waldesrand, in Tränen aufgeweicht, mit dem Ergebnis: Sie blieb schwanger zurück. Seine Eltern wollten von dem schönen, rührseligen Lebensmärchen des liebestriefenden

Sohnes nichts hören noch wissen, spannten ihn hart ein, erst in die Firmenarbeit, später in den Armeedienst und zum Schluss ins Hochschulstudium. Die Liebesschmerzen ließen allmählich nach, aber ganz ausgeheilt waren sie wohl nie. Sie meldeten sich immer wieder, mal mehr und mal weniger heftig. Das Mädchen war lese- und schreibunkundig – das war es, weshalb sich alles so gut nach dem Willen der Eltern drehen ließ. Aber mehr als einmal ließ er nachforschen. Zunächst erfuhr er, sie würde immer noch unverheiratet dastehen, ihr Kind zur Seite – das war nach fünf Jahren. Dann, ein Witwer in mittleren Jahren hätte sie zur Frau genommen – das war zwei Jahre darauf. Und zum Schluss, sie würde dem Witwer jedes Jahr ein Kind gebären – das war vor einem Jahr erst …

Masketti wirkte in seine Erzählung versunken. Hielt die halb volle Tasse in der Hand, als wenn er vergessen hätte, sie auszutrinken oder abzusetzen. Nergi hatte ihre Tasse bereits ausgetrunken. Spürte Müdigkeit über sich kommen. Gab sich Mühe, ihr Gegenüber es nicht merken zu lassen, aus Angst, als unhöflich zu gelten. Doch fand sie die Geschichte spannend und wunderte sich zwischendurch darüber, weshalb er sie ihr überhaupt erzählte.

Bei all dem war er längst verheiratet. Eigentlich zu früh. Es war auf das Drängeln der Eltern hin geschehen. Aber es war eine missglückte, weil kinderlose Ehe, und die Ärzte fanden den Grund bei der Frau. Da hat er ihr eines Nachts, ohne recht zu wissen, weshalb, von dem Hirtenmädchen und seinem Kind erzählt, und am Morgen sagte die Frau: Geh und hole dein Kind, ich möchte ihm Mutter sein! Anfangs ließ er die Worte in das eine Ohr rein und aus dem anderen wieder raus. Aber dann merkte er, es war ihr ernst damit. Das dauerte, bis er nachgab und sich auf die Wege und Stege begab, auf welchen er vor dreizehn Jahren gewandelt war. Er kam mit seinem einstigen Herzensliebchen zusammen, die nun eine stattliche Frau war, jung und immer noch ansehnlich, trug ihr sein Anliegen vor und hörte: Das Kind, das er meine, wäre nicht mehr das Seinige, es wäre ein Jungwolf in Gestalt eines zweibeinigen Halbwüchsigen, und der könnte dem, der ihn gezeugt hat, schnell die Kehle durchbeißen. Dafür könne sie ihm ein neues Kind austragen, aber nicht gleich, da der Ehemann, der sie wie einen seiner Hosenbeinlinge eifersüchtig bewache, in der Nähe wäre, doch es ergäbe sich mit der Zeit bestimmt eine Gelegenheit, wolle er ein wenig warten.

Da aber geschah es, dass in der darauffolgenden Nacht der eifersüchtige Mann von einem stürzenden Baum erschlagen wurde. Es war bestimmt der Baum, der ihn erschlug, denn er lag darunter flachgepresst wie ein Iltis in der Steinfalle der Jäger. Allein die Frau ließ ihn immer noch nicht an sich heran, sie machte ihn auf den Trauerumhang aufmerksam, in dem sie steckte, sie müsse ihn mindestens eine Woche tragen. Und bei dieser verworrenen Angelegenheit war er auf den Hirtenjungen gestoßen, der sang …

Masketti hätte sich das Ende der Geschichte auch sparen können. Nergi schlief längst fest. Einem Birkenstamm auf dem Hackklotz gleich hing ihr junger, weißer Mädchenhals über die Sessellehne.

5

Agiro lebte angespannt, von Ungewissheit geplagt, und wurde mit jedem Tag kränker. Gut nur, dass gerade keine Vorstellung war. Doch der Drill ging weiter, und wie ihm schien, mit zunehmender Härte sogar. Mitten in dieser verworrenen Zeit erlebte er eines Tages etwas Sonderbares: Sein Blick traf auf einem Zeitungsfetzen Nergis Bild. Es war in einer der spärlichen Pausen, der Abrichter hatte gerade den Raum verlassen und hatte den Wisch liegen gelassen, der ihm als Packpapier für irgendetwas gedient haben musste. Nun riss er das Blatt an sich, glättete es und betrachtete das Bild, entsetzt. Denn es war merkwürdig – sie und doch nicht sie.

Als der Abrichter erschien, schlug dem Lehrling das Herz längst zum Hals. Anstatt Haltung zu nehmen, erlaubte er sich die Frage, ob der Maestro nicht bitte sagen könnte, was mit der Person auf dem Bild da wäre.

Der Mann brummte mit unterdrücktem Zorn: »Tot aufgefunden! Und wünschen der Herr noch mehr Auskunft?« Doch den längeren Teil der bissigen Antwort hörte der Fragesteller nicht mehr. Ihm war, als wäre er mit dem Gesicht gegen die Wand geflogen und flöge mit unfassbarer Geschwindigkeit durch ein Flammenmeer weiter …

Agiros Geist befreite sich unter Mühen aus dieser flammenden, erstickenden Finsternis und blieb auf einer trüben, wackligen Bahn. Und diese führte ihn irgendwann aus der kleinen, ihm zugewiesenen Schlupfnische hinaus in die große, fremde gläserne Stadt voller Paläste, aber auch voller Lücken und Tücken. Er vermochte nicht mehr zu erfassen, dass er sich durch jene Welt bewegte, von der er so ehrfürchtig geträumt hatte. Vermochte in den an ihm und aneinander vorbeihastenden Menschen nicht mehr die edlen, vornehmen Wesen zu erkennen, nach denen er sich gesehnt hatte. In den kantigen, sarghaften Autos, die, glitzernd und rauschend, wie an Ketten aneinander vorbeiflossen, sah er lediglich flammende Lichter und wirbelnde Schatten, die seinen verwirrten, müden Geist umgarnten und seinen gepeinigten, siechen Körper umwühlten. Und er fühlte nichts vor den bedruckten Papieren mit dem schreiend-fetten Namen Yanare Roletti, die ihn von vielen Seiten anstarrten. Auch wenn er das fette schwarze Geschmiere darauf erkannt hätte, es ging ihn schon nichts mehr an.

Die Nacht hatte sich über die Stadt herabgesenkt, hatte sich in alle ihren Falten und Ritzen eingenistet. Eine nie vergessende, aber ohnmächtige Mutter, musste sie um den Irrenden gebangt haben, denn wie lange dieser auch dahertorkelte, der Fluss blieb ständig vor ihm. Und mit einem Mal war dieser auf den Irrenden gierende Fluss erreicht. Als Agiro auf die Schranke stieß, nahm er das im Lichtschein glitzernde und vor sich hin züngelnde Wasser deutlich wahr. Er vermochte sogar die eigene Widerspiegelung darin als einen menschlichen Schattenriss zu erkennen. Er hielt ihn wohl für das von ihm Gesuchte – aber dann zuckte ein Lichtschimmer durch seinen betrübten Geist und ihm fiel ein: Das könnte ja auch er selber sein. Vielleicht hatte er in beidem recht: Irgendwann ist er sie gewesen, oder sie war inzwischen er geworden, oder er und sie stellten zwei Hälften eines Ganzen dar, waren lange getrennt, waren erneut getrennt, und nun galt es, wieder zusammenzukommen, wo auch immer.

Die bangende Mutter, die Nacht, vernahm die Stimme des Kindes. Es war halb gesungen, halb geschluchzt, vielleicht auch in der Tiefe eines randvollen schönen Geistes nur gedacht und heraufgesprudelt. Es lautete:

Nergi, meen duran Nergi,
Nergi, meine Herzensnergi,
Emi san a lurem?
Wo bist du geblieben?
Agat hem, angeri soren,
Wars der Fluss, der dich gehindert,
Hem giand, e men garan?
Der böse Fluss, zu mir zu kommen?

Nergi, meen duran Nergi,
Nergi, meine Herzensnergi,
Emi san a lurem?
Wo bist du geblieben?
Agat hastur, angeri soren,
Wars der Tod, der dich gehindert,
Hastur giand, e men garan?
Der böse Tod, zu mir zu kommen?
Agat hastur, hastur giand,
Wars der Tod, der böse Tod,
Nergi, meen duran Nergi?
Nergi, meine Herzensnergi?

Da sah er den Menschen im Flusswasser erneut deutlich, erkannte darin endgültig die Gesuchte und rief aus: *Anda san, oo Nergi* – Bist da, o Nergi!

Das irre Jauchzgeschrei fuhr wie ein Messer durch die Brust der ohnmächtigen Mutter. Ein dumpfes Aufschlagen im Wasser. Das konnte auch das zerspringende Mutterherz sein.

An der nächsten Biegung war der eingeschläferte und entkrampfte Knabenkörper herausgespült worden. Der Fluss hatte ihn nicht bis zur Stelle tragen wollen, wo Nergi gelegen hatte. Ein Haufen von Blech, Glas, Papier und Gummi, der Dreck eines aufgehetzten und unter der Last dahinsiechenden Jahrhunderts, umgab ihn.

Aibes

Ein Zukunftsmärchen

Nach langer, langer Zeit wird es auf unserer Erde immer noch Großväter und Großmütter, Kinder und Kindeskinder geben, und sie werden lange und glücklich leben, ja fast bis in alle Ewigkeit. Und da wird immer wieder zur neunten Stunde des neunten Tages im neunten Monat des Mondjahres von weißhaarigen und weißseeligen, weisen Menschen folgende Geschichte erzählt und damit der Zeiten gedacht werden, die einst anders waren.

Es ist wohl lange, lange her, als dies alles geschah, wird der Ururgroßvater oder die Ururgroßmutter andächtig beginnen und den milden Blick eillos über das einträchtig zusammengerückte und willig zuhörende Kinder-, Enkel-, Ur- und Ururenkelvolk schweifen lassen. Und wird dann fortfahren: Damals waren unsere Vorfahren noch jung und unreif, waren gerade erst hervorgegangen aus dem Tierreich.

Die Erinnerung daran, dass das jeweils stärkere Wesen über das Schwächere herfiel, es zerriss und sich von dessen Blut und Fleisch ernährte, war in ihnen noch frisch. So geschah, dass man nicht nur auf die Tiere, sondern auch auf seinen Artgenossen, den Menschen, immer wieder losging, um ihm zu entreißen, was an ihm war, und darauf ihn selber abzuschlachten, ihm den Bauch aufzuschlitzen und Herz, Leber und Nieren herauszureißen – ganz so, wie der Wolf, der Tiger, der Löwe oder gar noch schlimmer.

Ja, viel schlimmer. Denn ein Raubtier geht nur dann auf Jagd, wenn es der Hunger plagt, aber der Mensch war ein Dauerjäger. Er jagte auf Vorrat. Tötete aus Lust. Aus Gewohnheit. Aus nackter Bosheit. Er tötete und mordete nicht nur, er rottete aus, verlöschte und vernichtete. Zerriss, zerstörte und zermalmte. Kein Jäger, ein Ungeheuer, ein Teufel war unser Vorfahre, der bedauerlicherweise auch schon damals Mensch hieß, viel zu früh, wie ihr seht. Und diese seine Mörderei und Zerstörerei nannte er Krieg.

O ja, Krieg. Das war sein großes Werk. Man päppelte ihn feist, putzte und striegelte daran und machte ihn zu einem Heiligtum. Man ließ ihn schneller wachsen als sich selber: Anfangs war es ein Vater mit seinen schlagkräftigen Söhnen, der auf den anderen Vater und dessen Söhne nebenan losging, bald ein ganzes Dorf, das gegen das Nachbardorf zog; später wurde daraus eine ganze Stadt, schließlich ein ganzes Land – immer gingen zwei ungefähr gleich Große und Starke aufeinander los. Und sie schlachteten einander ab. Meistens war die eine Seite schneller entvölkert als die andere, und es hieß dann, die Seite mit den übrig Gebliebenen hätte gesiegt. Der Sieger durfte alles an sich reißen: die Waffen, das Pferd, die Kleidung eines jeden Toten gleich auf dem Schlachtfeld, und später im Hinterland dessen Bleibe und Obdach mit dem Vieh draußen und den Menschen drinnen. Und einer, der auf diese Weise zu Kriegsbeute gekommen war, musste, so schnell es ging, auf den nächsten Raubzug gehen, musste sich also in die nächste Schlacht stürzen – nun war er kriegslüstern. Alle Menschen waren es, waren kriegskrank. Denn wer den Krieg überlebt hatte, der ernährte und bekleidete sich vom

Erbeuteten. So hatte sich am Ende ein jeder am Krieg angesteckt.

Hin und wieder jedoch waren beide Seiten gleich stark, keine brachte es fertig, die andere auszulöschen, und beide erschöpften sich am Ende. Oder die eine hatte zwar gesiegt und Beute gemacht, aber sie hatte sich dabei zu sehr verausgabt, war ausgeblutet, brauchte Nachschub. So kam es zu einer Pause. Es gab kürzere Pausen. Es gab längere Pausen. Ein Ende gab es aber nicht.

Indessen war der Krieg erwachsen, war so mächtig geworden, dass er Länder und Erdteile erfassen und über die ganze Welt hinwegwüten konnte. Die Menschen auf der einen Hälfte des Festlandes und des Wassers gingen gegen die auf der anderen an. Die Schlächtereien dauerten hundert Jahre. Es kam zu keiner Entscheidung. Beide Hälften waren gleich stark. Man sollte besser sagen: Sie waren gleich geschwächt. Die eine brauchte wie die andere eine Pause, die, übrigens, wie jede der vorangegangenen Pausen auch, Friede hieß. Friede war also Nichtkrieg und war notwendig, damit der nächste Krieg vorbereitet werden konnte. Erst einmal aber lag die ganze Erde verwüstet da. Die Städte waren niedergerissen, die Felder lagen zertrampelt, und die Täler und Schluchten stanken von verwesenden Leichen. Der Himmel stand schwarz-rot im Widerschein des Blutes und des Feuers und des Qualmes unten. Die Meere und Ozeane ringsum waren vergiftet und verseucht, kochten und krachten vor Wut.

Es hätte einer denken können, die Menschen hätten ein für alle Male genug vom Krieg. Aber nein: Als die Sträucher auf der feuerversengten, blutgetränkten Erde der Schlachtfelder die Manneshöhe erreichten, hörte und sah man schon, wie an dem nächsten Krieg gefummelt wurde. Und das sollte nicht irgendein Krieg, sondern der Endkrieg sein. Was durchaus geschehen konnte, denn mittlerweile waren Waffen erfunden worden, die an der zerstörerischen Kraft selbst die Gewalten des Himmels und der Erde übertrafen. Nur, die Sache hatte einen Haken, und der war: Beide Seiten waren im Besitz von diesen Teufelsdingern, und zwar Berge von ihnen. Zwei todbergende Waffenberge zielten längst aufeinander und zischten und rauchten schon vor Ungeduld. Kämen sie in Einsatz, würden darunter nicht nur alle Lebewesen auf beiden Seiten den Tod finden, sondern die ganze Erdkugel würde in Scherben und Splitter gehen. Das wussten viele, aber keiner kam auf den Gedanken, dass man es sein lassen sollte. So fortgeschritten war die Kriegskrankheit, die sich der Menschen vor langem bemächtigt hatte!

Da gab es ein Land, das Pufferland hieß. Der Name kam daher, dass es zwischen beiden einander bekriegenden Weltteilen lag und auf seinem Boden die Anfangs- und Endschlachten des vorhergehenden Krieges geschlagen worden waren. Dieses Land war besonders schwer verwüstet worden und lag nun, einer vertrockneten und zertretenen Schlangenhaut gleich, schmal und in die Länge gezerrt da, noch längst nicht erholt von all den Verheerungen. Vor allem war es immer noch fast menschenleer, da die Bevölkerung zuletzt entweder unter den Stiefeln fremder Krieger wie ihr Land auch zertreten worden oder mit dem nackten Leben geflüchtet war. Nun lebten dort ganz wenige Menschen, ausschließlich solche, die nicht in der

Lage waren, wegzugehen auf Suche nach einer besseren Bleibe.

Unter diesen Hilflosen war eine Frau, die einmal jung und schön gewesen war und ein gutes Leben gehabt hatte. Aber der letzte Krieg hatte ihr alle acht Kinder und den Mann geraubt, während er sie allein am Leben und auch das Haus und den Hof und den kleinen lieblichen Garten davor unversehrt ließ, seltsamerweise. Und noch seltsamer, diese verblühte und vergrämte Frau bekam eines Nachts einen Besuch – sie konnte nichts sehen noch spüren, hörte jedoch eine männliche Stimme, die auf sie einredete. Neun Monate später brachte sie ein Kind zur Welt, ein Mädchen, das sie auf Anweisung der Stimme Aibes nannte.

Das war ein Geschöpf, das gelungen schien – war schön, lieb und klug. Und gedieh schnell: Mit drei Monaten glich sie einer Dreijährigen. Sie war ihrer Mutter Ein und Alles, ermutigte aber auch die wenigen Menschen ihrer Umgebung durch ihre Jugend und ihr sonniges Wesen zum Leben. Sie lernte alles früh, lernte auch mit den anderen die Sorgen teilen. Denn sie sah doch das Getriebe entlang der beiden Ränder ihres schmalen Ländchens unaufhörlich wachsen. Die Erfahrenen erkannten es: Krieg wurde geübt, mit erbitterter Heftigkeit auf der einen Seite wie auf der anderen.

Mit fünf Jahren stand Aibes schon halbwüchsig da, auf dem sicheren Weg zu einer ansehnlichen Jungfrau mit einem lieblichen Gesicht und einem straffen Leib dazu. Da hörte die Mutter eines Nachts jene Stimme wieder: »Hab keine Angst. Ich bin der Vater deines Kindes, der gute Geist. Bin gekommen, um mit dir deine Sorgen zu teilen und zu sagen, was Not tut. Jetzt kann nur noch das Heilige Rauchopfer helfen. Es kommt zustande, wenn die zwei Kräuter Ai und Bes zusammen über einen Gluthaufen kommen und ihr Rauch nach Ost und West zieht. Das Ai kann im Garten wachsen, die Samen dazu findest du unter deinem Kopfkissen; das Bes aber wächst im Osten der Erdkugel, dreimal drei Monate von hier im Gletscherauge an der Springquelle des Flusses Ak-Hem.«

Wie erstaunt, wie erfreut und erschrocken war die Frau, als sie am nächsten Morgen unter ihrem Kopfkissen tatsächlich drei längliche, feuerrote Körner fand! Sogleich wurden sie in die Erde in der windgeschützten, sonnigen Mitte des Gartens gesteckt, und schon am Abend desselben Tages zeigten sich kleine anschwellende Beulen unter der Erdhaut. Die aufgeregte Gärtnerin überlegte hin und her und fand keinen anderen Ausweg, als in der nächsten Frühe selber aufzubrechen auf Suche nach dem anderen Kraut, dem Bes.

Bevor sie sich auf den Weg machte, sprach sie zu ihrer Tochter: »Die zwei Zitzen der Ziege Mäh werden dich wohl zwei Monate lang ernähren. Die vier Zitzen der Kuh Muh werden dich vier Monate lang ernähren. Die vielen Zitzen der Erdmutter werden dich weitere Monate und Jahre ernähren, mein Kind. Sei wach und kümmere dich fleißig um Haus und Hof und Garten und den Steckling. Ich werde erst wiederkommen, wenn ich das Kraut Bes in der Hand habe!«

Artig und fleißig wie Aibes war, befolgte sie alles, was ihr aufgetragen worden war. Die zwei Zitzen der Ziege Mäh ernährten sie zwei Monate. Der Frühling, der gerade angefangen hatte, als die Mutter sich auf den Weg machte, näherte sich da seinem Ende. Ein dreistieliger Strauch stach aus der Erde heraus, ging täglich in die Länge wie auch in die Breite und knospte an vielen Stellen. Die vier Zitzen der Kuh Muh ernährte sie vier weitere Monate. Der Sommer kam und ging, nun war Herbst. Die Knospen waren längst aufgesprungen, dreiblättrige, lippenrote Blüten, die von Stunde zu Stunde immer betörender dufteten und von Tag zu Tag immer greller leuchteten. Da neigte sich auch der Herbst dem Ende. Die Mutter kam immer noch nicht.

Aibes erwartete, die Ai-Blüten würden vertrocknen und abfallen. Sie blieben aber frisch wie im Frühsommer. Die Zitzen der Erdmutter ernährten das Menschenkind weitere Monate. So war es wohlgenährt, war gediehen und nun um ein Haar erwachsen. Nur war sie immer sehr müde. Arbeitete des Tags und bewachte nachts den Strauch mit den nun zu Anfang des Winters immer noch saftigen, duftenden und leuchtenden Blüten. So litt sie arg unter fehlendem Schlaf.

Und da geschah es, dass sie einmal im Morgengrauen in den Schlaf verfiel. Vielleicht schlief sie lange oder es waren nur Augenblicke – als sie zusammenfuhr und aufwachte, sah sie einen großen schwarzen Vogel, der davonflog. Sie schrie auf, fiel auf die Knie und weinte jämmerlich auf, denn sie sah den Strauch vor sich kahl und leer stehen. Ihr könnt euch denken, wie groß ihre Schmerzen waren und wie bitter die Tränen flossen. Sie weinte und weinte. Ja, sie weinte so heftig, dass kein Menschenherz imstand gewesen wäre, es auszuhalten, wäre da nur jemand gewesen. Aber weit und breit war kein Mensch. Nur eine Eule schrie mitleidsvoll vom Gipfel eines Baumes herunter: »Weine nicht,

Jungfrau. Mit der Morgensonne wird die Mutter eintreffen!« Nun weinte das arme Unglückskind nur noch lauter.

Da hörte sie inmitten ihres eigenen Röhrens und Kreischens eine menschliche Stimme: »Fürchte dich vor mir nicht, mein Kind. Ich bin dein Vater, der gute Geist. Du konntest nichts dafür, dass dich das Pech ereilte. Du hast alles getan, was in deiner Macht stand. Deine Kräfte waren versiegt, haben für den allerletzten Schritt nicht ausgereicht. Nun ist geschehen, was nicht hätte geschehen dürfen. Jetzt hilft nur noch eines. Die kahlen Zweige müssen mit dem Blut einer Jungfrau benetzt werden. Geschieht dies, dann werden die weggeraubten Blüten im Handumdrehen zurückkehren. Aber mein Kind, niemand kann von dir mehr verlangen, als du bereits getan hast ...«

Aibes hörte die Stimme stocken und darauf einen alten Mann leise schluchzen. Sie aber weinte längst nicht mehr. Das Schwert, das über ihrer Wiege gehangen hatte, in der Hand, hielt sie weiter Wache, wie sie es all die sechsmal sechs Monate lang allnächtlich getan hatte, nun hellwach und sprudelmunter.

Es tagte allmählich, und als die ersten Sonnenstrahlen auf die Baumwipfel herübersprangen, dann auf die taunassen Wiesen ringsum fielen und sich zu einem Lichtteppich ausbreiteten, sah sie im Osten einen Staubfaden aufgehen, der schnell wuchs und näher kam. Wenig später vernahm sie das Dröhnen von Pferdehufen, sah eine ganze Reiterhorde und wurde darauf der Mutter ansichtig, die an der Spitze ritt, und in diesem Augenblick trafen die Gedanken der Herbeieilenden bei der Wartenden ein: Halt aus, Kind, ich komme. Du siehst, wir sind nicht mehr allein!

Da beugte sich Aibes über die hochragenden, kahlen Zweige, legte die blinkende Schneide des Schwertes an den zarten, weißen Hals und schnitt mit einem Ruck die Kehle durch. Und sank, einer Blume gleich, berührt von der Sichel. Wie erschrak und trauerte die Mutter, als sie die Tochter in der Blutlache unter dem Strauch liegen sah, die schlanken, gelenken Arme ausgestreckt, als deuteten sie auf die blut- und flammenroten Blüten darüber, die wieder vollzählig an den Ästen hingen und loderten! Und wie ergriffen und erschüttert waren die hilfreichen Menschen, die im Kreis um die unglückliche, heldenhafte Mutter standen!

Doch dies alles dauerte nicht lange, Eile war geboten, denn man hatte auf Schritt und Tritt entlang des ganzen, zurückgelegten Weges zur Genüge gesehen, wie mordbesessen sich die Menschen auf den Krieg vorbereiteten – jeden Augenblick könnte es geschehen, dass die Kriegslüsternen aufeinander losrückten und die Waffenberge ihr gespeichertes Feuer aufeinander spien. So riss sich denn die Mutter bald zusammen: »Brüder und Schwestern, wenn wir aus den Menschen den Kriegsteufel austreiben wollen, dürfen wir keine Zeit verlieren!«

Sogleich machte man sich an die Arbeit: Die einen trugen neunundneunzig flache, ebenmäßige Steine herbei und schichteten sie zu einer Säule mit vier Armen aus je drei Augen auf, die anderen pflückten die Ai-Blüten ab, während wieder andere ein Feuer anzündeten, um Glut zu machen. Die Mutter packte das Bündel aus, das sie, einem Kind gleich, monatelang unter ihrem Herzen getragen hatte – eine Hand voll schneeweißer, herzrunder Bes-Blüten. Dann wurden beide Arten Blüten zusammengemengt und Wacholder, das

Grundmittel eines jeden Rauchopfers, zugesetzt. Zum Schluss füllte man jeden der flachen Steinteller mit Glut und häufte darauf zerkrümelten Wacholder mit Ai und Bes. Schnell fing es an, knisternd zu schwelen und zu rauchen, und mit einem Mal entstiegen dreizehn Rauchsäulen gen Himmel – das Heilige Rauchopfer war zustande gebracht! Und unter quellenden Rauchwolken und betörendem Duft, zwischen den Steinsäulen mit den ausgestreckten Armen in die vier Himmelsrichtungen bestattete man Aibes. Wie sehr weinten da die Menschen, aber wie dankbar waren sie ihr auch, dem Wesen, das in Eile gedeihen und sich der edelsten Sache auf Erden, dem Frieden, aufopfern musste, kaum war es erblüht. Dieses Gefühl schien der Himmel mit den Menschen zu teilen und tat das Seinige dazu: Bald wehte der Wind vom Westen und darauf vom Osten – schnell waren die duftenden Rauchwolken über Ost und West verteilt.

Und sieh da: Die schwarzbunten Menschenhorden mit all ihrem feuerbergenden stählernen Zeug zum Morden und Zerstören, angestaut entlang der beiden Ränder des Pufferlandes, die sich bestarrten und lediglich auf den günstigen Augenblick warteten, aufeinander loszurücken, lösten sich zusehends auf. Der Opferrauch hatte gewirkt, der ewige Frieden hatte begonnen. Von jenem Tage an wurden alle Menschen zu Brüdern und Schwestern.

Der hochbetagte, ehrwürdige Mensch, der erzählt, wird die Geschichte so schließen: So geschah es an jenem Tag und zu jener Stunde. Die tapfere Aibes, jene schnellwüchsige Pflanze der reinen weißen Muttermilch und das opferbereite Gefäß des heiligen roten Blutes, hörte auf zu leben, damit der Himmel und die Erde fortbestanden und alle Wesen dazwischen fortlebten. Das muss vor vielen, so vielen Jahren geschehen sein, dass deren genaue Zahl mittlerweile dem menschlichen Gedächtnis entrutscht ist. Aber den Monat, den Tag und die Stunde hat man nicht vergessen. Denn der Mond bescheint die Erde immer noch, und er tut es alljährlich und allmonatig von Neuem. Und wie hätte man auch die Zahl Neun vergessen können, die alle Geister wach hält? Und die Dreizehn, so viel wie das Heilige Rauchopfer an Augen hat?

Galsan Tschinag

Galsan Tschinag, eigentlich Irgit Schynykbaj-oglu Dshurukuwaa, kommt 1943 im Altai-Gebirge in der Westmongolei zur Welt. Seine Geburts- und Wohnstätte ist eine Jurte und seine erste Lehrerin eine Schamanin. Es sind die Gesänge und Epen seines Volkes und die Natur der Bergsteppe, die ihn prägen.

Nach Abschluss der Zehnklassenschule schlägt er ein Angebot, in Moskau zu studieren, aus und gerät 1962 nach Leipzig, wo er Deutsch lernt und Germanistik studiert. Seitdem schreibt er unter anderem auf Deutsch; Erwin Strittmatter wird neben der Schamanin, die seine Sinne für die Dichtung und den Gesang schärft, zu seinem wichtigsten Lehrmeister.

1968 kehrt er in die Mongolei zurück und lehrt an der Universität in Ulaanbaatar Deutsch, bis er 1976 wegen »politischer Unzuverlässigkeit« mit einem Berufsverbot belegt wird. In den folgenden Jahren lebt er als Übersetzer und Journalist. 1981 erscheint in Ost-Berlin sein Erstlingsbuch, *Eine tuwinische Geschichte und andere Erzählungen,* in deutscher Sprache. 1991 wird die Titelgeschichte in der Mongolei verfilmt. Es entstehen in dichter Folge Erzählungen, Romane und Lyrikbände, vor allem in deutscher Sprache. 1992 erhält er den Adelbert-von-Chamisso-Preis, 1995 den Puchheimer Leserpreis und 2001 den Heimito-von-Doderer-Preis. 2002 wird ihm das Bundesverdienstkreuz verliehen. Seine Werke werden in über ein Dutzend Sprachen übersetzt.

1995 erfüllt sich Galsan Tschinag einen Traum: Über zweitausend Kilometer führt er die Tuwa-Nomaden, die in den Sechzigerjahren zum Teil zwangsumgesiedelt wurden, in die angestammte Heimat im Hohen Altai zurück.

Galsan Tschinag im Unionsverlag

Dojnaa
Schon in der Hochzeitsnacht wird den beiden klar, dass diese Ehe ein Missverständnis ist: Die starke Dojnaa und der schmächtige Doormak passen nicht zusammen. Dojnaa muss auf neuen Wegen Liebe und Glück finden.

Das Ende des Liedes
Die dreizehnjährige Dombuk fühlt sich nach dem Tod der Mutter so verlassen wie ein verwaistes Fohlen – bis eines Tages die resolute Gulundschaa ihre Jurte ganz in der Nähe aufstellt.

Die Karawane
Galsan Tschinag erfüllte sich 1995 einen Traum: Über zweitausend Kilometer führt er einen Teil seines zwangsumgesiedelten Volkes zurück zu den Weideflächen und Jagdgebieten im Hohen Altai.

Tau und Gras
Tschinag erzählt hier die Geschichten, die der Stoff seiner Kindheit sind und die sich in seine Erinnerung eingegraben haben. Geträumte Wirklichkeit und als Realität erlebte Märchen verbinden sich und münden in einen Gesang an den Altai.

Der Wolf und die Hündin
Ein Wolf und eine Hündin, die sich zusammengetan haben, werden von Jägern und von Schamanen verfolgt. Beide wissen, dass ihre Flucht im Himmel der Wölfe enden wird.

Im Land der zornigen Winde *mit Amélie Schenk*
Die Ethnologin Amélie Schenk und Galsan Tschinag berichten in einem Zwiegespräch über Leben und Tod, Kindheit und Schamanentum und geben dabei vielschichtige Einblicke in die Gedankenwelt einer nomadischen Kultur.

Mehr über Autor und Werk auf
www.unionsverlag.com

Große Erzähler, starke Geschichten

Tschingis Aitmatow *Der Schneeleopard*
Für beide scheint es keinen Platz mehr zu geben – weder für den alten Schneeleoparden Dschaa-Bars noch für den unabhängigen Journalisten Arsen, der gegen Oligarchen und Fanatiker anschreibt.

Sahar Khalifa *Die Verheißung*
Ein Roman aus dem Herzen Palästinas und die Geschichte einer dreifachen Liebe: zwischen einer Christin und einem Muslim, zwischen den Generationen und zu der Stadt, die einst eine Hoffnung war – Jerusalem.

Nagib Machfus *Cheops*
Eine vergangene Welt wird lebendig mit ihren Palästen und Tempeln, Priestern und Sklavinnen, Handwerkern und Beduinen. »Machfus stellt die faustische Frage, ob der Mensch sein Schicksal lenken kann.« *Wolfgang G. Schwanitz, Die Welt*

Fritz Mühlenweg *Mongolische Reisen*
»Mühlenweg ist ein menschlicher und literarischer Glücksfall, der das Fremde respektieren und lieben kann, ohne das Eigene zu verleugnen, und der allem aufgeschlossen und ohne Vorbehalte gegenübertritt.« *Gisbert Haefs*

Juri Rytchëu *Gold der Tundra*
Zwei Generationen nach *Traum im Polarnebel* brechen zwei Amerikaner auf, die verlorene Welt ihres Großvaters zu suchen. Aber die Tschukotka hat sich dramatisch verändert.
»Eine Flaschenpost vom Rand der Welt.« *Der Standard*

Unionsverlag Taschenbuch

»Die Taschenbuchreihe des Unionsverlags hat ein ganz eigenes Profil, sie ist mehr eine kleine Bibliothek, als dass sie auf raschen Verbrauch setzte.« *Heinrich Vormweg, Süddeutsche Zeitung*

Nury Vittachi,
Shanghai Dinner (UT 431)

Galsan Tschinag, Auf der großen blauen Straße (UT 430)

Juri Rytchëu,
Gold der Tundra (UT 429)

Alan Duff, Warriors (UT 428)

Michel Vieuchange,
Smara – Verbotene Stadt (UT 425)

Michelle de Kretser,
Der Fall Hamilton (UT 424)

Reise nach Indien (UT 423)

Reise nach Marokko (UT 422)

Reise in den Himalaya (UT 421)

Tschingis Aitmatow,
Aug in Auge (UT 418)

Gabriel Trujillo Muñoz,
Tijuana Blues (UT 417)

Bill Moody, Solo Hand (UT 416)

Garry Disher,
Schnappschuss (UT 415)

Álvaro Mutis, Die letzte Fahrt des Tramp Steamer (UT 419)

Friedrich Glauser, Die Wachtmeister-Studer-Romane (UT 414)

Betty Mindlin (Hg.),
Der gegrillte Mann (UT 413)

Yaşar Kemal,
Der Sturm der Gazellen (UT 412)

Jørn Riel,
Das Haus meiner Väter (UT 411)

Miral al-Tahawi,
Gazellenspuren (UT 410)

Leonardo Padura,
Adiós Hemingway (UT 409)

Manfred Wieninger,

Kalte Monde (UT408)

Celil Oker, Dunkle Geschäfte am Bosporus (UT 407)

Patrick Boman,
Peabody geht in die Knie (UT 406)

Joe Gores, Hammett (UT 405)

Mia Couto, Unter dem Frangipanibaum (UT 404)

Yaşar Kemal, Das Reich der Vierzig Augen (UT 403)

Nagib Machfus,
Die Midaq-Gasse (UT 402)

Reise nach Bali (UT 401)

Reise nach Thailand (UT 400)

Mehr über Bücher und Autoren des Unionsverlags auf
www.unionsverlag.com